母さん、ごめん。
50代独身男の介護奮闘記

松浦晋也

集英社文庫

目次

前書きにかえて　9
第一章　「事実を認めない」から始まった私の介護敗戦　12
第二章　母は「認知症？　私はなんともない！」と徹底抗戦　20
第三章　その名は「通販」。認知症介護の予想外の敵　29
第四章　家事を奪われた母が、私に牙を剥く　36
第五章　介護のストレスで自分が壊れ始めた　45
第六章　「兄貴、全部自分で抱え込んじゃダメだ！」　53
第七章　「イヤ、行かない」。母即答、施設通所初日の闘い　63
第八章　家族が「ん？　ひょっとして認知症？」と思ったら　73

第九章　父の死で知った「代替療法に意味なし」　82
第十章　あなたは、自分の母親の下着を知っているか？　94
第十一章　その姿、パンツを山と抱えたシシュポスのごとし　104
第十二章　どこまで家で介護をするか、決心が固まる　116
第十三章　予測的中も悲し、母との満州餃子作り　124
第十四章　態勢が整ったと思うや、病状が進行……　133
第十五章　介護のための家の改装、どこまでやるべき？　143
第十六章　病状進行でやたらと怒る母をどうしよう　153
第十七章　介護態勢また崩壊、預金残高の減少が止まらない　162
第十八章　果てなき介護に疲れ、ついに母に手を上げた日　172

第十九章　母、我が家を去る　182
第二十章　「予防医学のパラドックス」が教える認知症対策　192
第二十一章　介護生活を支えてくれた鉄馬とシネコンの暗闇　203
第二十二章　おまけ：昭和三十年代に母が見た日本の会社　212

後書きにかえて　222

ジェーン・スー×松浦晋也
対談「男性はなぜ辛いとき独りになりたがるのか問題」　231

文庫版後書き　261

母さん、ごめん。

50代独身男の介護奮闘記

前書きにかえて

この本は、家庭も作らず好き勝手に生きてきた独身男が五十代で認知症の母を介護することになって、何を体験し、何を感じて考えたかの記録だ。

独身男性結婚経験なし、どちらかといえば物事を感情よりも理屈で考えたがる性格で、理系の大学から科学ジャーナリストの道を選び、仕事に熱中してきた。世の中に介護の本はたくさんあるが、これだけ「男子」的な目線かつ「理屈っぽく」書かれた本は珍しいかもしれない。

とはいえ、読者の皆様は私の体験から「いかにもありそう」な部分を、容易に見つけ出されるのでは、とも思う。

働き盛りの世代は、親を心配しつつも割く時間がなく、特に根拠もないまま「歳(とし)を取ったけれど、それなりに元気で過ごしているはず」と信じている方が多いだろうからだ。自分自身、母と同居していても、彼女が認知症だとなかなか気づくことができなかった。「ずっとこんな日常が続くはず」という、小さな、しかし深い思い込みがあったのだ。

論語にこんな一節がある。

子在川上曰。逝者如斯夫。不舍晝夜。
（「論語」子罕第九より）

子、川の上に在りて曰く、逝く者は斯くの如きか、昼夜を舎めず。

師が川のほとりに立って言われた。「物事の諸相は川の流れのようだ。昼も夜も流れて留まることがない」。

「論語」のこの節において、逝者とは変化流転する物事のすべてを意味する。が、ここを「死んでいく者」と限定しても、この嘆きは成立する。

生まれてきた以上いつかは死なねばならない。若くして死ぬ者もあれば長寿を全うする者もあるが、おおむねは年寄りから順に死んでいく。

普段私達は、この当たり前の事実を忘れて生きている。曽祖父母、祖父母、父母、と、衰えては去って行く過程に立ち会うたびに、改めて気がつき、考え、そしてまた忘れる。父母が去れば、次は自分の番である。

多くの場合、死は一瞬のイベントではない。その前に衰えの過程があり、時にその過程は十年以上に及ぶ。衰えは本人だけではなく、介護をする周囲の者にも大きな影響を与える。死から逃げられないのと同様に、衰えとその影響からも逃げられない。ならば、その影響を、個人としてのみならず社会全体としてどう受け止め、対処していけばいいのか——少子高齢化社会の大きな課題である。

願わくば、この本が、手に取って読んでくださったあなたにとって、いくばくかなりと意義のあるものでありますように。

なお、人間関係に代表される微妙な事柄についての記述は若干の脚色をしてあることを、先にお断りしておく。

第一章
「事実を認めない」から始まった私の介護敗戦

　同居する母の様子がおかしいとはっきり気がついたのは、二〇一四年七月のことだった。「預金通帳が見つからない」と言い出したのである。

　一緒に捜すと通帳はいつものところにあった。

　やれやれと思うと数日後にまた「預金通帳がない」と言う。

　捜すといつものところにある。

　これを繰り返しているうちに、年金が振り込まれる口座から、最新の振り込みまるまる一回分が引き出されているのに気がついた。年金は二カ月分がまとめて振り込まれる。つまり母にとって年金の支給一回分は二カ月分の生活費であり、それだけの大金を一気にまとめて引き出すというのは尋常なことではない。

　財布そのほかの現金の保管場所を見せてもらっても、そんな大金は入っていない。通帳を見せて「これはなにか」と聞いても「記憶にない。使っていない」と言う。その後ずいぶん調べたが、消えた年金の支給一回分はついに出てこなかった。振り込め詐欺に引っかかったという形跡もなく、一体どうなったのかは今に至るまで不明である。おそらくは家のどこかにあるのではないかと思うのだが。

一九三四年、昭和九年生まれの母、このとき八十歳である。

介護の話を始めるにあたって、最初に状況を説明しておこう。介護の矢面に立つことになった私は、二〇一四年夏時点で五十二歳。結婚経験のない独身で、父の残した神奈川県下の実家に母と同居し、ノンフィクション作家とか科学技術ジャーナリストと名乗って、取材と文章執筆で生計を立てている。きょうだいは二歳下に、インフラIT技術者をしているこれまた独身の弟が、十二歳年下に既婚で三人の子持ちの妹がいる。弟は東京在住だが、なかなか動きの取りにくい激務の職場。妹はドイツの企業で働いており、一家で現地在住である。したがって弟も妹も、介護の即戦力としては期待できない。

好き勝手に生きてきて、直面した介護

何かがおかしいと気がついたといっても、この段階では「まあ八十歳にもなったし、老いが表に出てきたか」という程度だった。というのも母はここまで、母なりにアクテ

ィブに人生を楽しんで生きてきたからだ。

母は、海軍の軍人であった祖父と、地方の名家の末娘であった祖母の間に四人きょうだいの二番目として生まれた。転勤の多い海軍軍人の家庭の例に漏れず、幼少時は舞鶴、佐世保、逗子と日本中を転々と移動して育った。戦後、祖父母は故郷に定住し、母は地元の高校を卒業した後、昭和一桁生まれの女性には珍しく大学まで進学して、英文学を学んでいる。大学時代は観劇に熱中。「三島由紀夫は、自分の戯曲がかかるといつも来ていた」「若い頃の美輪明宏はとってもきれいだった」というようなことを言っていた。

卒業後は東京・丸の内に本社を構える某財閥系大企業に就職した。ビジネス・ガール（ＢＧ）という言葉をご存じだろうか。太平洋戦争後の一時期、オフィスに進出した働く女性のことをこう呼んだ。二十代の母は世の最先端たるＢＧだったわけである。余談だが、その後ビジネス・ガールには娼婦という意味があることが判明し、その代替として作られた言葉がオフィス・レディ（ＯＬ）という和製英語だった。

かつて母が私に語った、昭和三十年代前半の財閥系大手企業に在籍するエリート・サラリーマンの勤務実態は無類に面白く、「ああ、なるほど。日本の労働生産性が低いのは、こういう連中がこういう働き方をしていた結果か」と思わせるものがあったが、蛇足になるのでここでは省こう（第二十二章に収録）。ただし「若い女の子なんておまけ扱いで仕事をもらえなくて、暇だから職場で本を読んでいたら叱られた。それならば、と、英語の本を読むようにしたら、誰も文句を言わなくなった」と話していたことはここに書いておいてもいいだろう。

その後、新聞記者をしていた父と見合い結婚をして、当時の常識に従って寿退社。専業主婦として我々きょうだいを出産し、育てた。よくある話だが、嫁姑問題で揉めに揉めて、あわや離婚かという時期もあったが乗り越え、後に英語の能力を生かして中学生向けのごく少人数の私塾を営んだ。五十代、六十代は英語塾で作ったささやかな資金的余裕で国内外への旅行を楽しんだ。母七十歳の時に父が死去。その後も、合唱のサークルだ、太極拳の練習だ、フランス語やスペイン語や中国語の勉強だ、と、けっこう忙しく人生を楽しんできた。

体も丈夫で病気らしい病気もしなかったため、子供らはなんとなく「このまま徐々に衰えて、周囲にあまり手間をかけさせることなく、けっこうな長生きをしてすとんと死んでいくのだろう」と思い込んでいた。

そうではなかったのである。

後から振り返ると、前兆は一年以上前の二〇一三年春頃から出てはいた。基本的に身辺は身ぎれいにしていた人だったのが、掃除を面倒くさがるようになり、片付けができなくなった。同じ頃から、歯磨き粉やケチャップ、マヨネーズなどを使い切らないうちから次々に開封するようになった。使いかけを見つけることができなくなって、備蓄をどんどん開封していたのである。状況がはっきりしてから母の部屋を整理したところ、常日頃こまめに自分の日程を付けていた手帳の記述が、二〇一四年二月を最後に途切れていた。スケジュールを管理できなくなっていたのだ。

きちんきちんと三度の食事を摂る習慣があったはずが、二〇一三年三月頃からは調理を面倒がるようになり、卵かけ御飯だけ、というような、かつての母からすれば考えられないような手抜きの夕食を好むようになっていた。同時に食べこぼしが目立つようになった。味付けもおかしくなり、砂糖の代わりに塩を使ってしまうというような調理事故が起きるようになった。二〇一四年六月頃からは、ガスレンジにかけた鍋、やかんなどを忘れて空焚きする事故が頻発する。火事になってはかなわないと、私は怒り、何度も注意したが直らない。コンロを使うなと言うと「お茶が飲みたいのにお湯すら沸かせないなんてあり得ない」と言う。妹が知恵とお金を出して、電気ポットを購入してくれたので、「今後はこれでお湯を沸かすように」と厳命した。それでもコンロを使うので、私はやかんを隠した。不承不承ながら母は電気ポットで湯を沸かすようになった。

その上での、七月の「預金通帳がない」という騒ぎだったのである。八月に入る頃にはなんとか説得して、日々の預金通帳の管理を私が行うようになった。

「うっかり」だと思いたかった私

これだけ前兆があったにもかかわらず、そして前兆を時系列で整理すると明らかに悪化の一途をたどっていたにもかかわらず、私は母の状況を「年齢なりのうっかり」だろうと判断していた。

その上で、「今後は徐々に衰えていくにしても、自分のできることは、可能な限り自分でしてもらう」と考えていた。「おかあさん、あれをしてあげましょう、これをしてあげましょう」というのは一見親孝行ではあるが、母の行動を先回りして片付けてしまうことで、かえって母が弱っていくのを早めてしまう。少々つらいとこぼしていても、自分でする意志がある間は自分でさせるべきだ。預金通帳の管理のような、もう母に任せていては危険なことは引き受けよう。それ以外は可能な限り自分でやってもらう必要がある、と。が、それもこれも「年齢なりの老いであるなら」という前提条件が付く。

私は事実を事実と認めたくなかったのだ。

面倒を抱え込むのは誰だって嫌だ。

目の前の事実を認めると面倒が自分の生活に舞い込んでくる。だから事実を認めないことにしてしまいたかったのかもしれない。

これは今考えれば大失敗だった。

危機管理上ありがちで、最も警戒すべき事態を、まんまと見逃してしまった。

ここから私の「介護敗戦」が始まった。

いや、敗戦は一瞬のイベントだから、むしろ介護敗走、というべきなのかもしれない。失われていく母の能力に応じて介護態勢を組み、症状の進行によって次の態勢を組むことを余儀なくされる——私にとっても、衰えゆく母にとっても、介護とは敗退・戦線再構築・また敗退、の連続だったのである。

二〇一四年九月の彼岸、母を連れて墓参りに行った。父がこの世を去ってからしばらくの間、母は月命日には必ず一人で墓参りをしていた。私が「なにも毎月行かなくてもいいのに」と言うと、「いや、お父さんがさびしがるから」と月命日の墓参りをやめようとしなかった。が、この時は母にとって、半年ぶりの墓参りだった。我が家の墓はちょっとした丘の中腹にあり、墓地まではごく緩い傾斜の道を歩く必要がある。母の心肺機能と脚は驚くほど弱っていた。半年前は難なく歩けていた道を、息を切らして休みつつ歩いた。さすがの私も「これは妙だ」と考え始めた。これは老いか？　老いにしては衰弱が少し早過ぎはしないか。一見老いたと思える現象が実際には病的なものであるのならば、病気への対処を考えねばならない。

私は弟と妹にメールを送った。「母の様子がおかしい。医師の診断を受ける必要があるかもしれない」と。メールログを見ると二〇一四年九月二十六日のことである。

足かけ二年半に及ぶ、母と私の介護戦線の始まりであった。

第二章

母は「認知症？　私はなんともない！」と徹底抗戦

人生を存分に楽しんできたはずの母に、認知症の疑いが生まれた。さんざん目を逸らしてきたが、いよいよ事実かどうかを確かめねばならない。

「病院に連れて行かなくては」……といっても、まずどの病院のどの診療科に連れて行くかを調べなくてはならない。幸い、妹の友人に認知症専門医がいたので、まずはメールで相談をするところから始めた。どの診療科にかかるのか、どのような治療法があるのか、今後どのような経過をたどるのか。そして家族として一番気になる「一体どの病院のどの医師にかかるのが良いのか」。分からないことだらけの中から、何をどうすればいいのか調べていった。

が、ここで問題になったのは、母本人が病院に行きたがらないということだった。

母は「私はなんともない」と言い、徹底抗戦した。

現在の母の状態は、認知症の始まりであろう、というのは、素人にも容易に想像がついた。が、事実を認識することと、受け入れることとは違う次元の問題である。私自身も、母が認知症ではないかということを受け入れがたかったのだが、母本人はそれ以上に「自分が認知症を発症した」ということを受け入れることができなかった。もともと病気知らずの人だったので、病院に行く習慣もない。「私は平気よ。なんで私が病院なんか行かなければならないの」と言って、拒否した。母は理性的ではあるが、それ以上に感情の人でもある。感情的に納得できないことには、強い抵抗を示す性格であることはもとより知っていた。が、認知症に関しての抵抗はことのほかすさまじかった。

その態度を理解することはできる。そもそも認知症では、本人に病気の自覚はないのが普通だ。脳の病変では、記憶とか自我とか性格といった、自分自身そのものが変化・劣化していく。変化しつつある自分で、自分の変化を客観的に認識するのは非常に難しいということなのだろう。まして、認知症は少し前まで「痴呆症（ちほうしょう）」という差別的な名称と共に、恐怖と軽蔑の対象だった。自分がそんな病気にかかっているとは認めたくないのが人情だ。私だって自分が認知症を発症した場合、するりと事実を認められるか自信がない。

自分の症状を認められるかどうかは、性格によって決まる部分もあるのだと思う。母は、かなり自尊心が強い性格だった。アクティブな生き方をしてきたのにも、自尊心を守るために家事も趣味も仕事も勉強もがんばるという側面があった。そんな人が、認知症によってこれまで努力して獲得した様々な能力を喪失していく――母にとって耐えがたい事態であることは想像に難くない。しかし、その状況下で事実を認めないとなれば、母は自尊心を守るために周囲に刃(やいば)を向けるしかない。刃の向いた先には、最も近い肉親、すなわち私がいた。

「なんで病院に行かなくてはいけないのか」
「なんで私が検査なんて受けなくてはいけないのか」
さらには「きちんと私の面倒を見ないお前が悪い」とくる。

「事実を受け入れることができず、対策に反対し、抵抗する」という母の姿勢は、この後ことあるごとに現れて、私を苦しめることとなった。よかれと思ってしたことが本人から激烈な態度で拒否される――私にとって、介護に関する苦しみの半分は介護される母本人による拒否と抵抗であった。

献身する者が憎まれる不合理

調べると、介護される側とする側の確執は、割と一般的なものらしい。しかも確執の矛先は最も身近な者、つまり直接介護する家族に向かうのが普通なのだそうだ。たまに見舞いにやってくる親族に、一番世話になっている介護担当の者の悪口を言うこともあるとか。最も献身を要求される者が最も忌避される、というのは救いのない話である。しかし、人は誰でも途中で死なない限り老いる。老いていく以上、いつか自分が母と同じ状態となってもおかしくない。目の前の母は、未来の自分かもしれないのだ。介護とは、同時に自分の老い方、ひいては自分の死に方について考えることでもあった。

母にはずいぶんといろいろ話してみたのだが、最終的に説得は諦めた。説得できたとしても、すぐに忘れてしまうであろうことが、日々の生活の中で少しずつ分かってきたからだ。通院当日の朝に「念のための検査だから行ってきましょうね」と柔らかく、かつ有無を言わさず連れ出すことにした。

病院に行くということは、主治医を選ぶことでもある。

私としては、なるべくしっかりした医師に母を診てもらいたかった。

あれこれ調べ、相談して、「ここならば」と選んだのは近くの総合病院の神経内科のA医師だった。さっそく予約を入れようと病院に電話を入れると、「新規の方はかなり待つことになります」と言われてしまった。私は待つことにして、翌二〇一五年二月の診療予約を入れた。今にして思えばこれは失敗だった。いち早く病院で確定診断を受けて、その後の介護生活の準備を始めるべきだったのだ。私はあまりに無知だった。認知症がどのような病態を示して進行するかを知らなかったし、またその進行の速度も知らなかった。さらには、介護にあたってなにをすべきなのか、介護用ベッドに始まるどのようなハードウエアを用意し、誰がどんな手順で介護を行うかのソフトウエアを組んでいくかも分かっていなかった。

心のどこかでは、認知症を甘く見ていたのである。

いや、まだこの期に及んでも「甘くあってほしい」という願望があったのだろう。

二〇一四年秋時点では、母には様々な異常が見られたものの、日常生活に大きな問題が立て続けに発生するという状況ではなかった。長年続けていた近所の有料プールでのスイミングも続けていたし、以前のようなきちんとしたものではなかったが、なんとか三度の食事は自分で用意できていた。そしてこの時期、私は多忙だった。

小惑星探査機「はやぶさ2」の打ち上げが迫っており、書き下ろしの書籍二冊（『小惑星探査機「はやぶさ2」の挑戦』日経BP社〈現日経BP〉、『はやぶさ2の真実　どうなる日本の宇宙探査』講談社現代新書）を同時並行で書いていた。ただでさえ忙しいところに母の手間が加わった結果、私にはずいぶんなストレスがかかった。十月後半の金曜日、私は左耳の後ろからあごにかけて湿疹ができているのに気がついた。土曜日には腫れが広がった。私は耳の問題かと思って耳鼻科の救急外来にかかった。診断は帯状疱疹。

そして自分が入院してしまう

帯状疱疹は、水疱瘡のウイルスが神経に入って湿疹と共に激痛を引き起こす病気だ。過大なストレスを抱えている時に発症しやすく、通常は一回かかると免疫ができて二度とかかることはない。私は大学の卒業論文の実験で泊まり込みが続いていた時に発症したことがあり、もうかかることはないだろうと思っていた。後で調べると、「まれに複数回発症することもある」とのことで、あの激痛を再び体験することになるとは、と自分の運の悪さを嘆いた。耳鼻科の医師は、専門ではないので治療できないと言った。「とりあえず抗ウイルス剤を出すので、月曜日に皮膚科に行ってください」。日曜日、湿疹は広がり、神経性の激痛がひどくなった。眠れぬ一夜が明けて月曜日、近所の皮膚科に行くと、医師は一目見て「顔に近いので下手をすると後に顔面麻痺が残る可能性があります。これは入院したほうがいいです」と総合病院への紹介状を書いた。

そのまま私は、総合病院の皮膚科に一週間の入院となり、一日中、抗ウイルス剤の点滴を受ける身となった。激痛で眠れないところに二冊の書籍の編集者から交互に「原稿まだですか」と催促メールが入る。四人部屋のベッドが空いておらず個室に入った私は、「どうせ痛くて眠れないのだから」と看護師の目を盗んで夜通し原稿を書き続けた。


母はといえば、まださほど問題なく、ひとりで家に置いておくことができた。行動が怪しくなっているとはいえ、母の日常は表面的には穏やかだった。それで止まってくれていれば救われたのだが、私が入院している間も、母の症状は徐々に進行していった。

十一月の半ばの日曜日、母が「友達に会う約束ができたから、自動車で送ってほしい」と言った。ところが、誰に会うのかと聞いてもいまひとつはっきりしない。何度か電話がかかってきたので、たぶんそれで約束ができたのだろうと自動車で送ったが、今度はどこで待ち合わせをするのかが、はっきりしない。「この通りの角かも」「こっちの喫茶店かも」と、言われるままに回ったがどこにも友人らしき人はいない。こちらもだんだんいらだってきて、「一体誰に会う約束をしたというのか」と怒り、車中で言い争いになってしまった。

その晩、母の様子がおかしくなった。

うつろな目をしてソファに座り込み、何を話しかけても「うん……うん」としか答えない。日曜日の晩は、ドイツにいる妹一家とスカイプでつないで、妹や孫三人と話をすることになっていて、母はいつもその時間を楽しみにしていた。ところがこの時は、スカイプに孫が顔を出してもあまり反応がなく、向こうから妹が「お母さん、お母さん」と話しかけてもきちんと会話を返すことができなかった。妹は初めて、事態をはっきりと認識したようだ。スカイプの後「お母さんが、一線を越えて向こうの世界に行ってしまったようだ」というメールを送ってきた。次の日、母は元に戻っていた。認知症の症状の出方には波があり、良いときと悪いときがある。これが最初の経験だった。

二〇一四年十二月、私は「はやぶさ2」打ち上げの取材のために、種子島（たねがしま）に赴いた。事前に母には種子島に行くことを何度も説明した。食事の支度が危うくなりつつあったので、夕食だけは宅配サービスを手配しておいた。種子島宇宙センターでの打ち上げ前の取材が終わり、センター内を移動していた時だった。携帯電話に母からの着信が入った。

「あんた、どこ行っているの？　今日は何時に帰ってくるの？」

母の記憶はここまで駄目になっていたのか。私は慄然とした。

第三章
その名は「通販」。認知症介護の予想外の敵

私にとっての介護生活は、一言で形容するとストレスとの闘いだった。

ストレスの主な原因は、先に書いた通り、介護される母との意見・意志の食い違いだ。認知症の母は、自分に対する正確な認識ができなくなっている。できないことをできると思い、自分でやろうとして事態を悪化させる。大きな盲点だったのは、介護する側もまた、「この人は認知症である」という認識に立つことがなかなかできないこと。認知症と認めてしまうのが怖いからだ。このため「母はなぜこんなことをするのか」「なぜこんなことができないのか」と衝突し、ギリギリとストレスをためていくことになった。

だがもうひとつ、無視できないストレスの原因がある。

「介護される側が過去にやらかした不始末」だ。

どうやら認知症という病気は、発症すれば周囲が気がつくというものではないらしい。

それ以前から兆候はあるが、ごく軽微なものなので周囲は気がつかないでいるようなのだ。

過去の「おかしなこと」が噴出する

さあ認知症だ大変だ、と介護が始まると、介護される側がずっと以前からため込み、場合によっては隠していた「おかしなこと」「変なこと」が噴出し、介護する側に降りかかることになる。最初に書いた「預金通帳を見ると確かに引き出しているが、どこを捜しても見あたらない現金」はそのひとつだ。……経営破綻した企業と似ているかもしれない。

そして私と母の場合は、大きな過去からの負債を片付けねばならなかった。通信販売だ。

時折、奇妙な宅配便が母に届いていることに気がついたのは、二〇一四年も押し迫った頃だった。そのたびに「これを払ってきて」とコンビニ用支払伝票を渡されるのである。最初は言われるままに支払っていたが、一体何を買っているのかが気になってきた。確か二〇一五年一月の末頃だったと記憶している。たまたま自分が宅配便を受け取った。いつも通り、開封せずに母に渡そうとしたが、このときは中身を確認しようと思い直して開けてみたのだ。

中に入っていたのは白髪染めと支払伝票だった。母は二カ月に一回程度美容院に通って白髪を染めていたが、なんだ自分でも美容院通いの合間に染めていたのか……と、そこで気がついた。この白髪染め、見た記憶がある。洗面台の引き出しを引っぱり出すると中には同じ白髪染めが未開封のままごっそりと入っていた。いや、待て、これだけじゃないはずだと捜すと、クローゼットや化粧品入れから次々に同じ白髪染め、それも未開封のものが一山見つかった。これは一体どうしたことだ。なぜこんなに使いもしない白髪染めが転がっているのか。

あわてて、同封されていた納品書を頼りに、白髪染めを送ってきた通販事業者に電話を入れた。すると、母は「毎月定期的に届く」という契約で白髪染めを購入していたことが分かった。ちょっと待て。なんでまた白髪染めなんかを毎月定期の契約で買い続けているのか。そんな頻度で使うはずがないじゃないか。確か通販は一週間以内だったらば返品できるはず、と電話の向こうのオペレーターさんに「返品します」と申し入れる。「その場合はお客様都合の返品となりますので、申し訳ありませんが送料はお客様のご負担になります」「かまいません。それから、継続契約も解約します。いっぱい余ってますので」

ぱっぱと片付けよう。送ってきた箱にそのままテープで封をして商品を送り返し、「やれやれ、送料はかかったものの、これでひとつ無駄遣いを潰したぞ」と思った……のは大間違いで、これは始まりだった。母が通販の継続契約で買っていたのは、白髪染めだけではなかったのである。関節痛に効くとかいう健康食品に、目に良いとかいうサプリメント、アミノ酸たっぷりと宣伝する酢、滋養強壮抜群を売りにした鰻のカプセル剤、お肌の健康がどうのこうのの乳液に、健康のためにどうたらこうたらのプロテイン粉末――。

改めて台所、洗面所、そして母の化粧品入れなどを調べる。すると、例外なく、これらの商品がごそっと山になってどこかしらに突っ込んであった。要するに、母は契約したはいいが、届くと使わずにしまい込み、代金だけは律儀に払い込んでいたのである。ため息と共に、通販事業者への電話を入れる。すべてが「月ごとの定期購入契約になっています」という返事だった。

その都度私は解約を申し入れ、自費で負担して返送した。ああ、いいだろう、それが認知症というものだ。それでも、一件また一件と潰していけば、いずれはすべての契約を解除することができるだろう。そう思っていた。だが……。あれは確かもう三月になっていたと思う。暖かな春先のある日、電話の前に怪しいメモを見つけた。母の文字で、電話番号と商品名とが書いてある。つい最近、契約を切って返送した商品だ。

「知らない、買ってない」を何度も繰り返す

何が起きたかを察し、かっとなったが証拠がない。

現物が届くまで自制して待つ。数日後、その商品が送られてきた。

「一体あなたは何をやっているんですか！　これはいっぱい余っているから契約を切ったでしょうが！」

もちろん母は覚えていない。「知らない。私そんなもの買っていない。余っているなんて知らない」の一点張りだ。知らないのではなく、忘れたのである。何しろ山ほどある在庫を目の前に見せて「これは取り寄せるのをやめましょうね」と説得したばかりだったのだから。しかし母は、テレビの通販番組を観(み)てメモを取り、自分で電話をかけて商品を購入していたのである。しかも、またもや月ごとの継続契約だった。通販事業者にかけた電話口で「老人がやったことなので」と言い、契約を切って返送手続きを取る。

こんなことが二〇一五年の春先、何度も繰り返された。

そのたびに言い合いとなり、私は怒鳴り、母も怒鳴り、ふたりとも消耗した。

分かっている。怒鳴ってもどうしようもない。母は記憶がつながらなくなっており、何度も何度も同じことをしてしまうようになっている。が、私はそれに付き合って、掘った穴を埋め戻す作業を繰り返さねばならない。徒労感は大変なものだ。後に、自宅に公的介助を入れて、ケアマネージャーやヘルパーさんなどの福祉関係者が出入りするようになってから、この話をしてみた。すると皆、一様に大きなため息をついて「ええ、通販はほんとに現場では大変な問題になっているんですよ。どこもとても困っています」と言うのであった。年寄り、特に女性は通信販売が大好きだ。使い慣れている人が多い。通販は便利であることは間違いない。が、使い慣れた通販も自分が認知症になってしまうと問題含みとなる。

特に私が問題にしたいのは、「月ごとの定期購入」という契約形態だ。テレビの通販番組をよくよく見ると「お得で便利な月ごとの契約」というような言い方で、消費者を誘っている。通販事業者からすれば、継続的に買ってもらえれば先々の売り上げの予測もつくし、ビジネスモデルとしてはすばらしい。が、買う側が毎月、送られてくる商品をきちんきちんと消費するとは限らない。事業者によっては「申し出があれば、商品配送を一カ月単位で止めることができます」というサービスをしているところもある。しかし認知症になってしまえば、消費者の側がきめ細かく商品の購入量を調節することはできない。気力が萎えるので、商品が届くと「面倒臭いからとりあえずお金は払っておけ」ということになるわけだ。

厳しいことを書く。認知症患者及び認知症予備軍の老人への通販商品の定期購入契約は、通販事業者にとって合法的な押し込み販売の手段になってはいないだろうか。消費者の権利は法律で保護されているが、それは消費者が権利を行使する能力を持っていることが前提となっている。購入するのが、認知症、またはそれに近い状態で知的能力や気力が低下した老人だったらどうなるか——さして注意することも疑うこともなく「便利ですよ」と言われて定期購入契約に同意し、送られてくると解約の方法が分からないので律儀に代金を払ってしまうのではないだろうか。

通販事業者が悪意を持っているとは思わない。だが、願わくば自分のビジネス形態を省みて、定期購入契約を見直してほしいと切に願う。認知症の老人の家計にとって重大問題だし、かつ介護をする者にかかるストレスにも大きな影響を与える問題だからだ。

第四章
家事を奪われた母が、私に牙を剥く

ストレスと心の関係は、コップに水を入れる様子にたとえることができると思う。介護する者には、様々なストレスがかかる。通信販売との闘いや、下の世話などは大きなストレスだ。これらのストレスでコップはどんどん満杯に近づく。が、それ以外にも小さなストレスがある。日常的な家事から発生するストレスだ。ひとつずつなら大したことはない。いつもならやり過ごすことができる小さなストレスである。しかし、ストレスをためるコップが満杯に近くなっていると、そうはいかない。ほんの小さなストレスでも「今、このストレスがかかったら、自分が壊れる」と感じるようになる。満杯に近いコップは、ほんの少しの水でも溢(あふ)れるかもしれないのだ。

認知症の症状の進行と共に、少しずつ母は、日常的にこなしていた家事を私に譲るようになった。気がつくと放棄していて、私がやるようになったこともあったし、「もう駄目、私できない。あんたやってちょうだい」と宣言して私に譲ったこともあった。

最初は掃除だった。

もともとは私は自分の起居する部屋だけ掃除していた。仕事絡みの書類が散らばっているので、母にいじられたくなかったからだ。それが認知症の症状が出始めたあたりから、母は掃除を放棄するようになった。そこで仕方なく私は、居間の掃除から始まって、徐々に担当する範囲を増やしていかざるを得なかった。母は、自分の部屋だけは私にあれこれ手を出されることを嫌がり、「自分でやるから放っておいてちょうだい」と主張していた。とはいえ、どうも掃除している様子もなく、あるところで私は「これはしばらく掃除もせずに、ホコリだらけの部屋に寝起きしているな」と判断した。

そこで、嫌がるのを無視して母の部屋を掃除したところ、嫌になるぐらいの大量のほこりが掃除機の中にたまった。これはいけない。こんな環境で寝起きしていては体調を崩してしまう。自業自得と切り捨て……てはダメだ。なぜか。母が体調を崩せば、その看護の負荷は自分に回ってくるからだ。こんな調子で、家全体の掃除が私の日常の仕事となった。あるいは日々のゴミ出し。母と私、気がついたほうがやっていたものが、いつの頃からか私がやるようになった。

三食の食事も然り。母の調理が危うくなり、味付けもさりながら、火の始末ができなくなったのだ。気がつくと、ガスコンロのすぐ横に乾いた布巾が無造作に置いてあるという状態になっていて、私はまず台所の大掃除をした。調理用具や食器の配置を変えられたのが、母には面白くなかったらしく、大分文句を言われたが無視した。かくして台所の主権は、私に移った。

しかしその後、母はなにかと旧宗主国のように台所を検分するようになった。蛍光灯が付けっぱなしになっているとこまめに消灯するし、うっかり食器戸棚が開けっ放しになっているとこれ見よがしに音を立てて閉める。あくまで「ここは自分の場所だ」とアピールしたかったのだろう。これは姑の行動パターンだ。とほほ……まさか実の母に姑の嫁いびりのようなことをされるとは思ってもいなかったよ。それでも当初は、「こんなの大したことはない」と思っていた。

私は独り暮らしをしていた頃に、かなりの料理を覚えており、料理の面白さも奥深さも自分なりに知っていた。私の分プラス一人分の料理を毎日用意することなど、大したことではないように思っていた。

……甘かった。自分ひとりなら、たまに「面倒だ」と思った時は、買ってきた総菜で済ますことができる。外食したって構わない。あるいは、出来上がった料理がまずくとも自分の責任だから、我慢して食べてしまう。しかしながら、母がいるとそうはいかない。母の前に、時間通り三度の食事を作って出さなくてはならない。

〝当たり前のこと〟がストレスになる

もちろん買い物も私の仕事となった。最初は近所のスーパーにちまちまと買い物に行っていたが、こちらも仕事をしているので、そんなことをしていたら原稿を書く時間が足りなくなってしまう。週に一回、大型スーパーに出かけて食材をまとめて買い込むようになった。洗濯・布団干し、父の位牌(いはい)の入った仏壇の管理。さらには、せっせと母が通っていた父の墓参りなど。生活のすべてが私にかかってくるようになった。

そこに母が絡むことで、「日常のすべて」が小さなストレスとなって、自分の心にたまり始めた。

さて、このあたりで「ふざけんな」という罵声が飛んでくるかもしれない。掃除に料理に洗濯にゴミ出し——全部ごく普通の家庭でも行っていることだ。「うちのダンナはなにひとつしないから、私が全部やっている。当たり前のことなのにストレスってどういうこと？」という既婚女性の声が聞こえてきそうだ。

「母がいる？　ウチにはなにするか分からない子供がいつも大騒ぎしているわよ」。そう、もちろん、子供に加えて舅(しゅうと)姑と同居という方もおられるだろう。私には仕事があるので、その上でこれだけの家事が降ってくると大変だ。でも、世には家族がいて仕事に出ている女性は多い。またすべての既婚男性が家事に協力的というわけでもない。全部を被って家族の面倒を見つつ働いている女性からすれば、「それぐらいで悲鳴を上げるんじゃない、軟弱者め」というところであろう。

その通りなのだが、介護と育児は大きく違うことがある。

子供には育つ喜びがある。介護にはない。日々少しずつ症状は進行し、ますます手が掛かるようになっていくという寒い現実だけがある。「これぐらいの負担なら大丈夫」と思っても、将来にわたって負担が一定ということはない。認知症の症状の進行で、介護する側の負担はどんどん増えていく。しかも、長年専業主婦であった母にとって、私がどんどん家事を引き受けていくということは、「自分の仕事が奪われる」という、自尊心に傷が付く事態でもあった。結果、家事を引き受けていく過程で、私は母と何度も衝突し、言い争いを経験することになった。

介護をする側は、介護に専心するほどに、介護される側からの抵抗にぶつかるのである。そして認知症で失われるのは、記憶に関する機能だけではない。性格にも変化が現れる。母の場合、性格の変化は、我慢や周囲への配慮がなくなる、という形で現れた。

「これまずい！　おいしいものをちょうだい！」

せっかくがんばって食事を出しても、大きな声で「これまずい」と言われてしまったりする。以前の母なら、息子が作った食事はたとえまずくても文句を言うことはなかった。「これはちょっと塩味が足りないわね。最初に肉に塩コショウして少し置いておくといいのよ」というような、建設的な物言いをしてくれた。それが開口一番、「まずーい」だ。

それどころか、大きな声で「あーあ、こんなんじゃなく、もっとおいしいものが食べたいわー」と言ったりする。今にして思えば、認知症による味覚の変化もあったのかもしれない。

こちらも頭にきて「じゃあ、一体なにが食べたいんだよ！」と詰問すると、これが悲しいことに、母の口からは、もはや具体的な料理の名前が出てこない。

快・不快は反射的に口から漏れるものの、具体的に「あの料理がおいしい」というような知恵を使う事柄は、なかなか口から出なくなってしまっているのだ。「とにかく、こんなんじゃない。おいしいものよ！」と言い返してくる。

それでも私が料理をしていた二年少しの間、たまに母が「おいしい」と言ってくれると、とてもうれしかった。「おいしい」の回数がさほど多くなかったことは悲しくもあるし、母に対して申し訳ないとも思う。もっときちんと料理を覚えておけばよかった……。

私にかかるストレスがじわじわと増加しつつあった二〇一五年二月、やっと母を病院に連れて行くことができた。本人は「自分はなんともない」と言い、しきりと不満を漏らしたが、「とにかく一度診察を受けておきましょう」と引っ張るようにして連れて行った。脳神経外科で主治医となるA医師に症状を説明する。すぐに長谷川式認知症スケールという質問によって認知機能を測る試験があり、翌週にはアルツハイマー病かどうかの検査が入った。

一口に認知症といっても、いくつかの種類がある。まず、脳梗塞などで脳への血流が細くなったり途切れたりして起きる脳血管性認知症という病気がある。脳にレビー小体という特殊なたんぱく質が蓄積して起きるのが、レビー小体型認知症だ。初期に幻視や妄想、体を動かしにくくなる運動障害が出るのが特徴で、残念ながら現在のところ根本的な治療方法はない。そして認知症の中でも一番ポピュラーなのが、アルツハイマー病。脳内にアミロイドβ(ベータ)というたんぱく質が蓄積することで脳神経細胞が萎縮して発症するといわれる。記憶や思考といった認知の能力が徐々に衰え、感情的になるなどの人格の変化も起きる。アルツハイマー病も、現状では根本的な治療法はない。

なんとかなるさ、もう少しがんばれば

アルツハイマー病の診断には、シンチグラフィという手段を使う。血管中に放射性同位体を注射して、発生する放射線を使って脳内の血流を調べる手法だ。ＣＴやＭＲＩによる脳の萎縮状態の観察と併用し、最終的にアルツハイマー病かどうかを診断する。

「アルツハイマー病ですね」というＡ医師の診断を、私はあまり驚かずに受け止めた。ここしばらくの母の行動を見ていれば、アルツハイマーかどうかはともかく、認知症であることは明らかだったからだ。「ああ、やっぱりそうか」という感慨と、「さあ、これからどうしようか」という思いとが、胸中で交錯した。

――なんとかなるさ。

私はそう思おうとした。アルツハイマー病は治らない病気だが、それでもなんとかなる。なんだかんだでここまで半年ばかりがんばってきた。これからだってなんとかなるだろう。もう少しがんばればいい。もう少し。

しかしながら、チリも積もれば山となる。

個々に見れば大したことがない、ごく普通の生活の中のストレス。それが、いっぱいいっぱいのコップにぽたりぽたりと落ちてくるしずくになるのである。

第五章
介護のストレスで自分が壊れ始めた

二〇一五年二月に、母は正式にアルツハイマー病と診断された。

診断が確定すれば、次は治療だが、現在、アルツハイマー病を根治できる薬は存在しない。過去三十年にわたって世界中の製薬会社が根治薬の開発を試みてきたが、これまで成功した事例は……ない。二〇〇二年には、脳内に蓄積するアミロイドβを〝溶かす〟ワクチン「ＡＮ－１７９２」が開発されて臨床試験まで行ったが、死者が発生する副作用が出て開発は中止となった。

ただし、対症療法の薬はこれまでに数種類開発されている。脳の萎縮を止めることも戻すこともできないが、残った脳細胞をブーストして意識をはっきりさせる薬ならある。母は、エーザイの発売している「アリセプト」（商品名）という薬を処方された。アルツハイマー病では最も一般的に使われている薬だ。アリセプトは一九九七年に発売された、世界初のアルツハイマー病の薬である。逆に言うと、それ以前はアルツハイマー病と診断されても、なにも打つ手がなかったのだ。

アリセプトの薬効成分は、ドネペジル塩酸塩という物質である。神経細胞は末端からアセチルコリンという物質を放出し、隣の神経細胞に刺激を伝達する。しかしアルツハイマー病では脳内のアセチルコリン量が減少する傾向がある。ドネペジル塩酸塩には、アセチルコリンを分解する酵素のアセチルコリンエステラーゼの働きを阻害する作用があり、これを使って、脳内のアセチルコリン量を増加させようというわけである。

アリセプトは最初一回一㎎の投与から始めて、副作用が出ないかを見極めつつ、徐々に薬量を増やしていく。服用したからといって、アルツハイマー病は治らない。しかし、意識をはっきりさせて日常生活への支障を減らすことはできるのである。どこまで〝今までに近い生活〟を続けることができるかは、ケースバイケースだ。短ければ数カ月だが、うまく薬が効けば一年以上にわたって見た目の症状の進行を抑えることができる。毎朝、朝食後に母に薬を飲ませることが私の日課となった。母は最初「薬なんか必要はない」と抵抗したが、とにかく「ちゃんと飲んで」とお願いして飲ませる。徐々にではあるが、薬への抵抗はなくなっていった。

大変ありがたいことに、母は薬に対しては一切副作用が出なかった。最終的には複数の薬剤を投与の上限まで服用することになったが、それでも悪影響はなく、丈夫な体というのは、こういう時に役に立つのだなと、母の父母、つまり祖父母に感謝した。それだけでなく、病院に行ったことで母はあるチャンスをつかんだ。

主治医となったA医師から「新薬の治験に参加しませんか」というオファーを受けたのだ。アルツハイマー病の進行を止める新薬の開発が、全世界三千人規模のテストを行う最終段階に入っており、その割り当てが病院に来ているのだという。「(二〇一五年当時)アルツハイマー病の根治薬開発はことごとく失敗して、今はこれ以上症状を悪化させないことを目的とした薬の開発に焦点が移っています。これもそんな新薬です。効いても治りはしないのですが、それでも受けてもらえますでしょうか」とA医師は言った。

新薬の治験は被験者の半数に新薬を、半数に偽薬（プラシーボ）を投与する。だから参加したとしても、新薬が回ってくるかどうかは確率二分の一だ。また、当然のことながら副作用の危険性もある。が、どうせ打つ手のない病気ならば、ここは母と自分の運に賭けてみるべきだろう。私はすぐに「参加に同意する」とA医師に答えた。実際の治験は夏になるということで、四月に入ってから準備のための健康診断などを受けることになった。いいぞ、新薬の治験にひっかかるなんて――この時、私は大きな総合病院に母を連れてきたのは〝当たり〟だったと感じていた。横で母は、きょとんとしていた。

神経が焼ける感覚、ついに幻覚が

通院を開始した二〇一五年二月には、母は生活のすべてを私に頼るようになっていた。最初はなんとかなると思っていたが、三月、四月と徐々に自分に尋常ならざるストレスがかかっていることが実感できるようになった。

まず眠りが浅くなり、よく寝られなくなった。

眠るために寝酒をするようになったが、これは失敗だった。アルコールは睡眠の質を悪くする。ますます疲労がたまり、その一方で酒量が増えていった。後頭部には、なにか神経が燃えているような不愉快な感覚が張り付いた。感情的になり抑えきれない怒りがすぐに噴き出すようになった。こうなると母との言い争いも激化する。激化することでますます神経の疲労がたまった。

アンガー・マネジメントというものがある。怒りを自分で制御する心理学的技術のことだ。「人間が衝動的になるのは数秒のことだから、衝動が起きたら行動に移すのを六秒待つように自分を条件付ける」とか「なになにすべき、と思わない」「イライラは書き出したり点数化して客観化する」といったことを行うものだ。ウェブの記事や書籍がたくさん出ているので、目にされた方も多いだろう。しかし、自分が体験した範囲内で言うなら、いざ介護のストレスにさらされてから、これらを実行するのは至難の業だ。なにか新しいことを始めるというのは、それ自体がストレスだ。ぎりぎりまでストレスがかかっている状態で、「アンガー・マネジメントの訓練を」と言われてもできるものではない（少なくとも自分はそうだった）。

本当に情けないことだと思うが、自分にとって「やさしさ」とはすなわち心理的余裕のことだった。余裕があるからこそ、母にやさしく接することができた。余裕が失われてくると、ぎすぎすして怒るようになり、怒ることでますますストレスを高めて自分を追い詰めていった。

そして、ついに仕事に支障を来すようになった。

具体的に書こう。

幻覚が出たのである。

私は受け取ってもいないメールを受け取り、読んだと思い込んでしまった。メールの内容は仕事の条件で、「自分がこうあってほしい」と思っていた内容だった。喜んで返事を書くと、「そんなメールは送っていません」と返事が返ってきた。驚いてメールログを捜すが当然、自分が読んだと思ったメールはない。この時は愕然とした。こんなことが数回繰り返された。

自分の思考と実際を区別できなくなるというのは、統合失調症の症状である。ついに自分は心を病んでしまったかと思った。原因は介護によるストレスしか思い当たらない。だが、母はもはや自分の介護なしでは生活できない。ストレスが原因だとしてもストレスから逃れることはできない。それは母を捨てることを意味するからだ。大きなストレス、小さなストレス——介護にはストレスがつきまとう。介護のストレスの最も恐ろしい点は、介護される者の症状の進行と共に日々の生活の中で徐々に徐々に、ゆっくりと大きくなっていくことである。「これぐらいなら大丈夫」「まだ耐えられる」「もう少し」……そして気がつくと限界ぎりぎりになっている。ぎりぎりになると、さすがに自分でも分かるので、必死に踏みとどまろうとする。

が、認知症の症状は、そんな努力とは無関係に進行していく。

実はストレスを軽減する方法はあった。他者、具体的には公的介護を頼るのである。が、ここまでストレスがひどくなってしまうと、きちんと論理的に考える余裕が失われてしまう。目の前に救命用具は浮かんでいる。しかし肺に水が入ってしまい、ひたすらもがき溺れる者は、その目の前の救命用具に気づくことができない。死の恐怖に、手足をじたばた動かすだけで精一杯となってしまう。

温泉で湯あたり、散歩で転倒

二〇一五年四月に入ると、母は脳だけではなく、肉体の衰えも顕著になっていった。私と母は時折、自動車を飛ばして箱根の温泉に行く習慣があった。四月の頭、せめて生活だけはいつも通りにと箱根に連れて行くと、母は温泉内で湯あたりして倒れ、救急車を呼ぶ騒ぎとなった。もう、温泉に連れて行くことはできなくなった、と実感した。

そして二〇一五年四月九日、木曜日のことだ。夕刻に東京の仕事から帰宅すると、母は顔に大きなあざを作っていた。右手にはこれまた大きな擦り傷ができている。母の上前歯はずいぶん以前からブリッジとなっていたが、それが外れていた。あわてて何が起きたか聞くと「転んだ」と言う。家にはこの時十三歳の老犬がいて、散歩をさせるのが母の日課だった。その散歩の途中で転んだのだ。そこから傷の手当てと歯医者通いで大変なことになったのだが、次の週に認知症の主治医のところで新薬の臨床試験に参加するための健康診断が入っていた。これを逃すわけにはいかない。

結論を書こう。母は治験に参加できなかった。転倒により、母の認知症の症状は一時的に悪化し、折悪しく、そのタイミングで健康診断を受けねばならなかった。その結果、母は長谷川式認知症スケールの診断で、被験者に必要な点数を下回ってしまい、対象から外されてしまった。「この新薬は、アルツハイマー病の進行を抑える薬なので、ある程度以上症状が進んでしまった患者には投与しても意味がないということで、被験者から除外することになっているのです」とA医師からは説明された。つかんだと思ったチャンスは、あっけなく消え去った。

それでも、後から思えばこの時は、私が帰宅するまで「自分が転んだことを覚えていることができた」だけ、アルツハイマー病の症状は軽かったのである。その後の症状の進行につれて、母はついさっきのことも覚えていることができなくなっていったのだった。

第六章
「兄貴、全部自分で抱え込んじゃダメだ！」

二〇一五年四月、母のアルツハイマー病の症状はじわじわと悪化し、介護する側の自分が過大なストレスで幻覚まで起こす状態だったにもかかわらず、私は公的介護保険制度を利用することをまったく考えていなかった。うかつというほかないが、私は介護保険の分野に、老人に対する「公的な」支援制度が存在することをまったく意識していなかった。

この原稿を書くにあたって、メールの過去ログを検索したところ、二〇一四年十一月の時点で、妹が介護認定を取得する必要性について言及していた。ところが私は、「自分で母を支えるしかない」と、かたくなに思い込んでいた。正確には公的介護制度の存在は意識していたが、母と自分が利用可能な制度であるとは、これっぽっちも思っていなかったのだ。「そんな馬鹿な」「こんな人が書く原稿を信じていいのか」と言われそうなので、少し背景を説明させていただく。

私の老人介護に関する知識は、一九九一年に母の父、つまり祖父を見送ったところで止まっていた。祖父は十九世紀末の一八九六年生まれで、一九九一年に九十五歳でこの世を去った。その五年ほど前からは、今にして思えば認知症の症状が出て、介護を引き受けた母はひとかたならぬ苦労を強いられていた。それを横で見ていた記憶があったので、「自分も、母に何かあれば同様に介護するものだ」と思い込んでいたのだ。

元海軍軍人、それも兵学校出身の士官だった祖父にはかなりの年金がついていた。年金を使って、まずは娘の家の近所の有料老人ホームで暮らし、自分で身の回りの始末ができなくなると介護のお手伝いさんを雇い、それでも介護が難しくなると養護老人ホームに移った。祖父の命は最終的に、身動きがとれなくなった老人を専門に引き受けていた病院で尽きた。一九九一年当時は、家庭ではどうにも世話が不可能になった老人の最後は病院が引き受けていた。

親の介護は、いわば「自己責任」でするもの。その印象が強烈だったために、私は高齢者人口の増加によって公的制度が大きく変化していることにまったく意識が向かなかった。それにしたって介護保険が始まったのは二〇〇〇年。無知極まれりだが、そもそもは老人の介護に関して無関心だったのが悪かったのだろう。まさしく、敗戦の第一の理由である。

言い訳を重ねるなら、ストレスのかかり方のせいでもある。介護のストレスは徐々に増加していく。「これぐらいなら大丈夫」「まだまだ大丈夫」と思っているうちに、ストレスはじわじわと増して、気がつくと、冷静に周囲の状況を見回し、支援を仰ぐことを考えることすら不可能な精神状態に追い詰められていくのだ。

自己責任の意識、老人介護への無関心からくる思い込み、そして真綿で首を絞めるようなストレスが視野を狭める。使える介護制度を見逃して、私と似たような状況に落ち込む可能性がある方が、少なからずおられるのではなかろうか。

私たちは、子供の頃から大人になったら自立するものだと教えられ、それを当然と思って育つ。そして老人は〝大人〟の範疇（はんちゅう）に入っている。

敬老精神とは別に、私たちは「大人は自立するもの」と思っていて、であれば、老人も自立するものと思い込んではいないだろうか。そして自立できなくなった老人は家族が面倒を見る。老人の面倒を見るところまでが、大人としての自立である。こんな具合だ。昨今の生活保護不正受給に対するバッシングを観察するに、私たちは平均的に、意外なほど自立を重んじる潔癖な意識を持っているように思える。そんなメンタリティーのもとで「公的介護制度に頼ろう」という発想は、無意識のうちに自立を損なうものとして忌避されてはいないだろうか。

体験して初めて分かったことではあるが、認知症老人の介護は、自分ががんばりさえすればなんとかなるような甘いものではなかった。介護をやり遂げるには、「公的介護制度をいかに上手に使い倒すか」という戦略性が必須だった。老人の介護は、本質的に家庭内に収まらないのだ。「いや、基本的に家庭が介護すべきだ」という意見の方は、実情がよく分かっていないのだと、私は思う。

介護保険の利用は権利である。自分でなんとかしようとせずに、自分の負担を減らすために積極的に頼り、利用するべきなのだ。でなければ、自分が倒れてしまい、介護そのものが成立しなくなる。最悪の場合、介護殺人か、道連れ自殺かという結果に至ることすらある。

殺人や自殺までは行かなくとも、時折報道される虐待は、介護する側にかかる極度のストレスが原因だ。介護保険は、介護する家族のストレスも軽減する。自分が虐待する側にならないためにも、公的な制度の利用は必須なのである。それは決して「楽をする」とか「制度にただ乗りする」ということではない。繰り返しになるが、介護は本質として家族と公的制度が連携しないと完遂できない事業なのだ。

もちろん、介護事業者が商売として過剰なサービスを売り込むこともあるかもしれない。家族や業者がよかれと思う支援が、介護される側にとって本当にうれしいかどうかという問題もある。国の財政に介護費用が甚大な影響を与えているのをどうするんだというご意見もあろう。だが、まず介護する側がストレスで倒れたり死んでしまったりすれば、GDPへの貢献もなにもあったものではない。個々の議論はさておき、介護する側が権利を行使することには、誰からも後ろ指を指されるいわれはない。

先に書いた転倒により、母は新薬のテストへの参加というチャンスを逃してしまった。が、この転倒により、一気に公的介護の導入が進むことになったのだから、〝禍福はあざなえる縄のごとし〟という他はない。鍵は弟だった。

母の転倒をきっかけに弟は、「兄貴、すべてを自分で抱え込むんじゃない」と猛然と動き始めた。そして「なんでこんなことに気がつかなかったんだ」とぶつくさ言いながらも、あまりのストレスに疲れきっていた私に代わって、公的介護導入に向けた手続きを行ってくれたのである。

悩む前にまず「地域包括支援センター」

現在の介護保険制度は、六十五歳以上の高齢者、または四十～六十四歳の加齢が原因となる特定疾病（骨粗鬆症や認知症など十六種類）の患者が利用できることになっている。

介護保険制度は市区町村が担当している。利用するには、まず介護認定の申請を医師の意見書（基本的には主治医が書く）と共に市区町村に届け出る。すると聞き取り調査があり、対象者を「要支援1」「要支援2」そして「要介護1」から「要介護5」の合計七段階に分類する。この分類が公的組織が「あなたはこの段階の介護を受けられますよ」と判断した「介護認定」だ。それぞれの介護認定によって、受けられるサービス、その対価が変わってくる。介護認定にあたっては、地域によっては名称が少し違うのだが「地域包括センター」「地域包括支援センター」という組織が整備されている。検索をかければ、おそらくどなたの家からもそれほど遠くないところに地域包括支援センターがあることに気づくだろう。

地域包括支援センターは、市区町村との契約で民間が運営している。だから住民は介護に関することをなんでも無料で相談し、どのような手続きをすればいいかを教えてもらえる。また、一部の手続きは代行してくれる。地域包括支援センターには介護サービスに関する情報が集まっているので、自分の居住地域でどんなサービスがあるかもすぐに分かる。介護の現実にぶつかったら、まずなによりも最初に行うべきは近所の地域包括支援センターに相談することなのである。

ここで、「要支援」と「要介護」を自分なりに整理してみよう。両者は「日常的な動作を自分ひとりで行うことができるかどうか」で分かれる。ごくかいつまんで説明すると「日常動作ができるが、要介護状態への進行を予防するために、周囲の助けが必要」というのが「要支援1」、「日常動作ができるが、ちゃんとやるには助けが必要」というのが「要支援2」だ。ここまでは割と普通に生活可能なお年寄り、と考えてもいいだろう。「要介護」となると、日常的な生活には他者の助けが必要な状態となる。「排泄（はいせつ）や入浴をちょっとばかり助ける必要がある」が「要介護1」、「歩行や起き上がりも助けが必要」というのが「要介護2」、「排泄や入浴、衣服の着脱などにもほぼ全面的な介護が必要」というのが「要介護3」、「日常動作のすべてに介護が必要」が「要介護4」、「意思伝達も困難」、つまりはほぼ寝たきり状態が「要介護5」という区分になっている。

介護認定が出ると、トイレや風呂への介助器具や、介護用ベッドの購入・レンタル、住宅への手すりの取り付けなどに、かなりの補助金が出るようになる。さらに認定の度合いによって、デイサービス、ショートステイ、特別養護老人ホームやグループホームなどの様々な施設が利用可能となる。これらの施設については追って説明していこう。「要支援1」から「要介護5」へと状態が悪くなるほどに、使える公的なサービスは増える。これは点数制で、個々のサービスには点数が決まっている。介護の段階により毎月ごとに使える点数が与えられ、点数内でサービスを組み立てていくことになる。当然、

「要支援1」から「要介護5」へと状態が悪くなるほど、使える点数が増える。サービスには介護保険から公的資金が投入されており、安価に利用できる。ただし、介護の度合が重くなると、同じサービスを受けるための対価は高くなる。「同じサービスでも、症状が重くなると介護する側の負担は増える」という考えに基づく制度設計なのだ。

ただし、この制度がずっと続いて、自分が年老いた時も同じ制度で公的介護を受けられるとは思わないほうがいい。二〇一五年に厚生労働省は介護保険制度の大規模な制度改正を行った。改正内容は多岐にわたり、かつ複雑なのだが、大まかな方向性は「支出を抑え、収入相応の負担を受益者に求め、施設入所を抑止して、家庭での介護を優先」というものだ。例えば、特別養護老人ホームの入所については、それまで「要介護1」以上で入所可能だったものが、「要介護3」以上でないと入所できなくなった。

高齢者人口が増える一方で、生産人口は減っていくので、厚労省もなんとか制度を破綻させずに維持するのに苦労しているということだ。

困っていることは隠さず強調すべき

介護認定は、残念ながらお役所仕事で結果が出るまでほぼ一カ月かかる。調査員の聞き取りに基づいて、「この人はどの段階か」を判断する判定会議が、一カ月おきであるためだ。ただし、母の場合は地域包括支援センターが、柔軟に対応してくれた。「お母様のこの状態ならば、要支援2か要介護1で介護認定が出ることは間違いありませんから、先行してサービスの利用を始めましょう」と、家への手すりの整備や、健康を維持するためのリハビリサービスの利用などをすすめてくれた。

介護認定にあたっては、母が素直に市の調査員の聞き取りに応じてくれるか、はらはらした。案の定、不機嫌になり「なんで私がこんな質問に答えなくてはいけないの」と言い出したが、なんとかなだめて、平穏に聞き取りをやり終えた。調査員は母だけではなく、介護を行っている私からも聞き取りを行う。

事前に複数の老人介護の関係者から、「嘘はいけません。その一方で、生活の維持に困っていることを介護する側から強調するのはむしろ必要です」と言われた。「大丈夫です」「何ともありません」と強がっていると、実態よりも低い認定が出て、後々困ることがあるのだという。努めてフラットな調子で、私は調査員に向かって、自分に尋常ならざるストレスがかかっていることを訴えた。

五月半ば、認定が出た。母は「要介護1」という認定を受けた。

言葉は似ているが、「要支援」と「要介護」では、担当する組織が異なる。要支援では地域包括支援センターがサービスの支援を行う。要介護となると、市区町村と契約する居宅介護支援事業者に所属する「ケアマネージャー」という職種の人が担当者となり、本人の状態と使える点数とを勘案してケアプランや介護計画を作成し、介護サービスを利用することになる。ケアマネージャーは、かなり家庭の内情に立ち入ってサービスの設計をする。当然、人間的な相性はあるので、交代を要求することも可能だ。地域包括支援センターからの紹介を受けて、母の担当ケアマネージャーになったのは、Ｔさんという三十代の男性だった。幸運なことに、Ｔさんと私はかなり緊密な協力関係を築くことができた。この後、ことあるごとに私はＴさんに助けられることになるのである。

が、その前には、「母が介護サービスを受けることに慣れる」という関門が待ち構えていたのだった。

第七章
「イヤ、行かない」。母即答、施設通所初日の闘い

公的介護保険制度で「要介護1」という認定を受けた母は、様々な公的なサービスを利用することが可能になった。

まずは補助金を申請して、玄関と風呂場に手すりをつけ、トイレに身体介助器具を入れた。次はサービスの利用だ。さあ、どのようなサービスを利用することが母にとって一番良いのだろうか。

代表的なサービスは四種類ある。ヘルパー、デイケア、デイサービス、ショートステイだ。

先に書いた通り、これらのサービスは点数制だ。介護の度合に応じて、利用者には毎月ごとに使用可能な点数が割り振られる。それぞれのサービスは利用にあたって「何点必要」ということが決まっている。どう使うのが一番いいのか、考えなしに使うわけにはいかない。

そこで、ケアマネージャーという専門職が、介護を受ける本人やその家族と相談し、毎月どのサービスをどれだけ利用するかという介護計画を作成し、点数を配分していくのである。その大きな使い道が、ヘルパー、デイケア、デイサービス、ショートステイということだ。

ヘルパーは家に来てもらって家事などの手伝いをしてくれる人のこと。古い言葉でいえば、お手伝いさんだが、その仕事の内容は介護関連にかなり厳密に規定されていて、例えば「散歩に付き添って下さい」というお願いはできない。その場合は、「公費助成なしの全額私費」で来てもらうことになる。デイケアはリハビリが目的の施設で、医師が指導を行い、そのための資格を持つ理学療法士、言語聴覚士などがいて、専用の設備も備えている。

デイサービスというのは「デイ（昼間）」という文字通り、昼間に通って過ごす「昼間だけの老人ホーム」といった施設だ。朝、自動車で迎えに来て、夕方も送って来てくれる。民間が運営しており、それぞれ特色を打ち出して競っている。「軽い体操をやって体を動かします」というところもあるし、「お習字、工作などで手を動かして、頭の衰えを防ぎます」というところもある。リハビリのためのサービス（機能訓練）もあるが、デイケアのように主目的ではないということだ（ただしややこしいのだが、実際には「リハビリが中心のデイサービス」という施設も存在する）。

ショートステイというのは老人専用の宿泊施設だ。短期滞在の老人ホームといえばいいだろうか。数日から数週間までの宿泊が可能で、「どうしても老親を置いて長期間出かけなくてはならない」という時に、一泊五千円前後で利用できる。

これらの制度や施設は、思い立ったらすぐに利用可能……というわけにはいかない。ヘルパーさんの人数は限りがあるし、施設にはそれぞれ定員がある。昨今の高齢者人口の増加により、需要過多・供給不足気味で、通常は「空きが出るまで待ってください」ということになる。

私の母の場合は、「まずは体力の低下を防がねばならない」という点できょうだいの意見が一致した。

二〇一五年四月の転倒は、二〇一三年頃から徐々に進行した体力の低下が原因であることは間違いない。「歩く」という、人間にとって基本的な動作が危うくなれば、ますます体を動かさなくなり、一気に体が衰えるであろうことは容易に予想できた。再度転倒し、骨折でもしようものなら、そのまま寝たきりになる可能性だってある。可能な限り今までの生活を維持するためには、まず肉体だ。特に脚の衰えを防がなくてはならない。

運動に熱心に取り組んでいた母

もともと母は、しっかり運動を心がけていた。毎週スポーツクラブで泳ぎ、さらに太極拳の教室にも通っていた。太極拳には一時期かなり入れ込んで、専用の衣装や靴まで揃(そろ)えていたのだが、それが二〇一二年の中頃だったか「もうやらない」とぱったりとやめてしまった。

弟はこの件を「太極拳をやめたから認知症になったんだ。あの時ずいぶんやめるなと言ったのだけれど」と分析した。が、きょうだいでよくよく考えるに、話は逆ではないかということになった。なにか認知症の初期症状で、それまでできていた太極拳の所作ができなくなったのではないか。そのことを人に知られるのが嫌で「太極拳やめる」となってしまったのではないだろうか。とすると、あれほど熱心に習っていた太極拳をぱったりとやめたことは、認知症の兆候だったということになる。

水泳は、それでも二〇一五年の春になっても数回は通った。が、六月に入った頃だったか、スポーツクラブから電話がかかってきた。「松浦さんですが、今まで使えていたロッカーが使えなくなってしまったようなんです。どうしたのでしょうか」——ああ、もう水泳も駄目か、と嘆息した。この電話と前後して、後述する失禁の問題が始まった。失禁してしまう身体で、他人様も一緒に泳ぐプールに通わせることはできない。スポーツクラブは退会ということになった。こうして見ると、ひとたび認知症を発症すると、進行する老化に本人の意志で抵抗するのは非常に難しいことが分かる。

母は毎日老犬と共に近所を散歩していた。転倒の原因となった習慣である。犬は、がんを患った父が生前小康を得た時に「目が合ってしまって」と突如連れてきたシーズーとテリアの混血で、母によくなついていた。父としては「自分がいなくなってもさびしくないように」と考えたのかもしれない。母も、毎月犬をトリマーに出してきちんと毛を手入れするなどして、ずいぶんと犬をかわいがった。

認知症の症状が出始め、身体の衰えが明らかになった二〇一四年秋以降、弟は「足元があぶないから、兄貴が付いて一緒に散歩するべきだ」と主張していたが、私は怠っていた。距離は大したことはないが、ぽたぽたとゆっくり歩く老母と老犬の散歩は、小一時間ほどかかる。どんどん介護に時間を取られる中で、その時間が惜しかった。なによりもこの時期、母はまだ自分の意志で犬を連れて散歩に出ていた。自分の意志で自分でできることは、なるべく本人にやらせたほうが衰えは防げるのではないだろうかと考えたのである。

結局、二〇一五年四月の散歩中の転倒で、新薬のテストに参加するチャンスを逃してしまったのだから、私の判断は間違っていた。「なんでも自分でやらせたほうがいい」という判断も、結局は介護からの逃避だったのかもしれない。もう少し母の様子をきちんと観察し、適切なタイミングで一緒に散歩に行くようにするべきだった。だが、日常的にどんどん介護に時間を取られるようになる状況下では、毎日の小一時間という時間を、とてもとても貴重に感じてしまったのである。

転倒の後、私は母と老犬の散歩に毎日付き添うようになった。「ちょっとの手間を惜しんで、転んで怪我(けが)して、バカみたいだ」と弟に言われた。その通りだ。が、そのちょっとの手間が、散歩に限らず生活のあらゆる局面で発生し、どこまでも積み上がって自分の生活と仕事の時間を圧迫していく――それが介護という作業の特徴であった。

「そんなの知らない。必要ない。私は行かない」

幸いなことに、比較的近所に身体のリハビリテーションを専門に行うデイサービス施設があり、週に一回だけだが定員に空きがあることが分かった。運動専門なので、デイサービスといっても半日、朝九時から昼十二時までである。半日というのは、慣れさせる意味でも最初の一歩として好都合だ。こうして母の最初のデイサービスは、リハビリテーション運動を半日行うということになった。毎週金曜日に通うことになり、初回は二〇一五年五月二十二日。さて、次なる問題は、デイサービスに通うことを母に納得させることである。

「やだ」と母は即答した。「なんで私が、そんなところに通わないかんの。私は私のしたいように暮らしたいの。そんなところに行って、号令掛けられて一緒に運動なんて絶対嫌」。とりつくしまもない、とはこのことだ。何回説明しても返事は同じ。しかも、毎回忘れるので、最初から説明し直し、同じ反応を聞かされる。これは相当揉めるぞと覚悟し、五月二十二日の当日を迎えた。

自動車で「松浦さーん」とお迎えが来た。「さあ行きましょう」と母をうながすと、「どこに行くの」とけげんな表情で聞き返す。「午前中、リハビリの運動をしに行くんですよ」と言うと、「そんなの知らない。必要ない。私は行かない」と言い、二階の自分の部屋に籠もってしまった。行きましょう、嫌だ。行きましょうったら、嫌だ嫌だ——言葉が通じる状態ではなく、やがてもみ合いになった。母は背中を向け、寝転がって抵抗した。既視感があった。俺、これと同じところ見たことがある、否、やったことがある。子供の頃、デパートでおもちゃを買ってもらえなくて泣いて寝転がって抵抗したことがあるが、まるっきり同じだ。

困り果てて、外で待っている迎えの人に説明する。「どうしても母が出てこようとしないんです。もうちょっとがんばってみますので、待っててもらえますか」。すると、相手の方はけげんそうな顔をして、「お母さん？」と聞き返した。「僕、犬のトリマーですよ。毎月の予約でお宅のワンちゃんをお預かりして、毛を刈っているんですが」。

そうかーっ、今日は犬のトリミングの日でもあったかっ。へなへなとヒザが崩れ、そのまま地面に突っ伏して笑い転げてしまった。一体自分は何をやっているんだ。母と言い合ってもみ合って、母はといえばかつてのだだっ子だった自分のようにじたばたして、それで犬のトリマーさんをデイサービスの送迎と間違えてしまったとは。

我に返って犬を送り出して数分後、今度は本物のデイサービスのお迎えが来た。見た目も爽やかな体育会系のインストラクターさんが玄関から、「松浦さーん、お迎えに来ました。一緒に運動しましょうね」と二階の母に声をかける。と、不承不承ながら母が立ち上がり、階下に降りてきた。「私、そんなこと必要ないんだけれど」と言うところに、インストラクターさんが「でも、体を動かすと血流も良くなるんですよ」と説得する。するとなんということか、私がどれだけ「行きましょう」と言っても動こうとしなかった母が、「そうかしら」などと言って、玄関まで出てくるではないか。そうだった。母は割と外聞を気にするほうだった。

電話の応対の声は通常よりも一オクターブ高くなるクチだったし、家族が言っても言うことを聞かない場合も、他人から言われるとするっと動く傾向があった。ましてやこの美男子のインストラクターさんなら、「行きましょう」と言われて悪い気分になるはずがない。老いたりといえど、母だって女性だ。こうして、さほど揉めることもなく、母は初めてのデイサービスへと出かけていったのである。

三時間、つかの間の解放感を味わう

午前九時に出かけて、帰りは昼の十二時。この間に自分が感じた解放感を、一体どう形容すればいいだろうか。この時間は自分のものであり、自由に使って良いのだ。が、すぐに気がつく。洗濯をしないと、掃除をしないと。あれこれたまった家事を片付けているうちに昼になり、母は戻ってきた。

「どうだった？」

「どうだったもこうだったもないわよ」

返事はあいまいなものだった。デイサービスで行ったリハビリ運動のことが記憶に残っているかどうかは怪しい。が、とりあえず口調が険悪でないことにほっとする。これからも通ってくれそうだ。後でこの日の経緯を、ケアマネージャーのTさんにしたところ「ああ、それはあります。ご家族の方がいくらうながしても駄目な時も、家族以外の介護の人が言うとご本人が動いてくれることはあるんですよ。家族だからできることばかりではなくて、我々外部の者だからこそできることってあります」ということだった。

「でも、そういうことなら、デイサービスがある日は、朝の送り出しにヘルパーさんを入れたほうが、お母様も気持ちよくお出かけできていいですね」。

なるほど、介護のノウハウとはこういうものなのか、と私は感心した。

第八章
家族が「ん？　ひょっとして認知症？」と思ったら

母が公的介護保険制度を利用し始めるところまで書いたので、このへんで「家族に認知症の兆候が見えたらどのように対応するべきなのか」をまとめておこう。

もちろん、認知症にならずに人生を全うできれば、それが一番良いに決まっている。世には「認知症にならない方法」に類する言説も溢れている。が、実際に母を介護した上で判断すると、「これさえやっておけば認知症にならない」という方法はない。「これを飲んでおけば大丈夫」「これをやっておけば大丈夫」みたいな〝魔法の杖(つえ)〟は存在しない。

ただし「こういう生活をすれば、認知症になる確率は下がることが統計的に分かっている」ことはある。ごく簡単に要約すると「快食・快眠・快便」だ。偏らない食事に十分な質の良い睡眠、そして規則正しい生活習慣である。それらは地味でずっと継続することが必要で、しかも実行したからといって認知症に絶対ならないというわけではない。

発症する確率が下がるということだ。

アルツハイマー病を発症する前の母の生活を思い出すと、危険因子は「比較的宵っ張りで睡眠時間が短かった」ことぐらいだ。運動も食事もきちんとしていたし、合唱や語学、水泳などによる周囲との交流もあって、周囲から孤立した孤独老人ではなかった。つまり「誰でも認知症を発症し得る」という前提に基づいて、事前にできる準備をしておく必要があるのだ。

老親を抱える身でまず考えられることは、「認知症では」と疑う事態になる前から、地域包括支援センターと連絡を取って「こういう老人がいる。今は元気だが年齢的にいつ何があってもおかしくないから、何かあった場合にはどうすればいいか」と相談することだろう。

「その日」が来る前にやっておくこと

地域包括支援センターには、公的介護保険制度に関連する様々な情報が集まっている。事前に情報を収集しておいて損になることはない。実際に「その日」が来たときに、スムーズに公的介護支援を受けられるはずだ。これは、本人が本格的な要介護状態になる前から、家に公的な介護が入ることに慣れさせておくことにつながる。

このことは非常に重要だ。

大抵の老人は初めのうちは、公的介護に「お世話になる」と感じるせいか、拒否感を持つという。母と私の場合も、早期に公的介護保険を導入することに失敗した結果は、かなり後まで影響した。「公的介護保険を利用する」ということは、ケアマネージャーやヘルパー、ベッドのレンタル業者など多数の人が家に入ってきて、生活をサポートするということである。それを介護される側の母は、「突然知らない人がいっぱい家にやってきて、自分の生活に干渉する」と受け取った。


「あなた誰？」

「なんでここに来たの？」

「なぜ私にそんな質問をするの？」


誰かが来るたびに、母は警戒し、この質問を繰り返した。何度説明しても忘れてしまうので、次にやってきても同じ対応になる。さすがプロだな、と思ったのは、家にやってきた介護関係者が基本的に、柔らかい態度で自己紹介と自分の仕事の説明を繰り返してくれたことだ。ほとほと感心して「さすがですね」と言うと、「こういうことは、家族の方よりも、私たちのような部外者のほうがいいんです。仕事と割り切って対応できますからね。むしろ家族の方の場合、介護されるお母様にも甘えが生じるので、対応は難しいんですよ」と説明された。

アルツハイマー病の場合、具体的に起きたことの記憶は残らないが、その時に感じた感情や雰囲気はおぼろに記憶に残るらしい。母のとげとげしい対応も、回数を重ねていくにつれて徐々に消えていった。が、それも病気の進行につれて、一度定着したと思った記憶が消えてしまったり、記憶は消えなくとも性格の変化による他者への攻撃性が出たりで、なかなか安定してくれなかった。もっと早く、アルツハイマー病の病状が決定的に進行する前に、公的介護保険を導入していれば、早期に母は安定した精神状態になることができただろうと、今思うのである。

「ひょっとして認知症ではないか」と思った場合も、まずは地域包括支援センターに相談するのが得策だ。というのは、地域包括支援センターには、近辺のどの病院にどんな医師がいて、どんな活動をしているかという情報もあるからだ。私は、自分でどの病院に連れて行くかを調べ、総合病院を選び、診察が数カ月単位で遅れた。結果的にこれは失敗であったと判定せざるを得ない。なるべく近所の信頼できる病院を、地域包括支援センターに紹介してもらい、素早く診断を受ける。これが正解だった。地域包括支援センターを使えば、診断と並行して、介護認定の申請を行うこともできる。第六章でも書いた通り、申請から介護認定の結果が出るまでには一カ月程度かかる。とにかく早手回しに動いたほうがいい。

しつこいが、早期の公的介護保険の利用開始は大変重要だ。先ほど述べた、介護される側が慣れることもあるが、介護する側のストレスが軽減されること、これがまた大きい。そして、介護する側にかかるストレスが軽減されることで、介護される側のクオリティ・オブ・ライフ（ＱＯＬ）は大きく改善されるのだ。

私の失敗は、すぐに地域包括支援センターに相談することなく、ずるずると母の認知症の症状悪化に巻き込まれたところにあった。介護のストレスは、最初は大したことがなくとも、症状の進行と共に大きくなっていく。気がつくといつの間にか十カ月ほどが経ち、その間に、ストレスに押しつぶされるぎりぎりのところまで行ってしまった。過大なストレスで、私は怒りっぽくなり、結果、母との関係は悪化した。

「認知症の人は自分が変化していくことに不安を感じているのだから、むやみに行動を否定するのではなく、寄り添うようにする」というのが認知症患者に接する基本なのだ。しかし、始終ストレスにさらされているとそのような柔らかい態度を取ることが極度に難しくなる。それどころか、感情的になって怒鳴ることが多くなる。不安を抱える認知症患者は、怒鳴られればますます不安になって、情緒不安定になり、さらなる問題を起こしたりする。悪循環だ。

つまり、認知症に対する対応としては、「早期に、介護する側に過大なストレスがかからない態勢を構築する」ことがなによりも重要になる。独りで、あるいは少人数の家族で介護する限り、ストレスは避けられない。だから介護側の戦力が薄ければ薄いほど、素早く公的介護保険制度を利用した態勢に移行する必要がある。何人もの家族で介護ができる場合も、公的介護保険制度の利用は必須だと思ったほうがいい。認知症の症状は進行するし、疲労は蓄積する。介護を続けながら蓄積した疲労を解消することはそう簡単ではない。最初から疲労が最小限にできるシフトを組むことで、介護する側だけでなく介護される側も快適に過ごすことが可能になるのだ。

介護する側が楽をしないと、される側も不幸になる

このように考えていくと、認知症の介護とは、介護される側もさりながら、介護する側の問題のほうがより大きいことが見えてくる。病気の主体は間違いなく介護される側——私の場合は母——にあるのだが、全体としてその病気とどのように付き合っていくかは、介護「する側」をより集中的にケアしなくてはならないのだ。「私が犠牲になってがんばればいい」では、介護する側もされる側も不幸になる。介護される側と同等、場合によってはそれ以上に介護する側をケアする必要がある——この事実は、あまり広

く認識されていないようだが、考えてみれば当たり前で、介護する側が倒れてしまえば、自動的に介護される側の生活は立ち行かなくなるのである。

母が公的介護保険制度による介護を受けるようになってから、介護の専門家と会話する機会が増えたが、彼らは全員、このことを明確に理解していた。何度となく「あなたが倒れたらお母様も不幸になるのですから、可能な限り楽をして、介護を続けられるようにしてください。私たちはそのための手伝いをしますから」と言われた。

「可能な限り楽をする」という言葉に、「安楽に介護をするつもりか」「手を抜くつもりか」と敵意を向けてはいけない。実際に介護の矢面に立ってしまうと「安楽な介護」はあり得ない。また「手を抜く」ことも難しい。手を抜くことはすぐに介護される側のＱＯＬの低下を意味する。ＱＯＬが下がることを承知の上で手を抜くというのは虐待である。普通の感性ではできない。しかしながら介護する側にかかるストレスがあまりにひどくなると、虐待ということもあり得る。

だから、公的介護保険制度を使って、〝介護をする側が楽をできる仕組み〟を作っていくしかないのである。

もうひとつ。

二〇一五年の正月、母の状況が容易ならざることを実感した妹は、甥姪(おいめい)三人を連れてドイツから帰国して、母と共に過ごした。上は中学生から下は二歳までが家の中をうろちょろして、うるさくて大変ではあったが、母にとっても楽しい時間となった。そして帰国の前に、全員揃ってふぐ料理を食べに行った。母が元気な頃、「お父さんは、お前にふぐ食わしてやると何度も言っていたのに、一度も連れて行ってくれなくて」としきりと文句を言っていたのを、我々が覚えていたからだ。

大枚をはたいたふぐ料理は大変においしかった。が、その帰り道、母が文句を言い出した。

「生臭いばかりでおいしくなかった」

「何あれ、ほんとにふぐ」などと。

せっかく楽しい時間を過ごしたのに、母の文句でみんな白けた気分になってしまった。今にして思えば、アルツハイマー病による抑制が利かなくなる性格の変化と、味覚の変化とが重なった結果の反応だったのだろう。

もしも親孝行をしたいなら

もしも親孝行を、と考えているなら、認知症を発症する前にするべきだ。認知症になってしまってからは、生活を支えることこそが親孝行となり、それ以上の楽しいこと、うれしいことを仕組んでも、本人に届くとは限らない。逆に悲しい結果となることもある。

後日、妹と二人で墓参りした時のこと、妹は父の墓に何事か長時間祈っていた。何を祈ったのかと聞くと、妹曰く……。

「お父さんが生きている間に、きちんとお母さんにふぐを食べさせなかったから私たちが悲しい目にあったんだよ。奥さんにサービスするなら、口先だけでなくちゃんとやっといてよ、と文句を言っておいたんだよ」

第九章
父の死で知った「代替療法に意味なし」

二〇一五年の春、母がアルツハイマー病と診断されたという事実は、徐々に母の親戚や交友関係に広がっていった。経路は主に電話だった。

この時期、母はまだ電話の応対ができたが、それでも「様子がおかしい」と気がつく人もいる。そんな人は、私が電話に出ると「最近どうなさったのでしょうか」と聞いてくる。それとは別に「このところ水泳に来ていませんがどうなさいましたか」「もうずいぶんとコーラスのサークルにいらっしゃっていませんけれど、具合でも悪いのでしょうか」といった電話もある。最初のうちは、適当にごまかしていたが、やがてごまかすわけにはいかなくなった。

「実は認知症を発症しまして……」

と説明すると、大抵は息を呑み、「お大事になさってください」という言葉と共に電話を終えることになる。中にはお見舞いを送ってきてくれる人もいる。それは大変ありがたいことなのだが、どうにも対応に困るものもあった。「これを飲んでみてください。使ってみてください」と届く、代替療法のあれこれ——サプリメントや健康食品、健康グッズである。

私は、父を見送った経験から、健康か病気かに関係なく、健康食品もサプリメントも、それらに代表される代替医療も無用と考えている。それらの多くが高額であることを考えれば、有害無益とすら言えると思う。

父はがんのために二〇〇四年九月にこの世を去った。再発を繰り返すと、父は「もうつらいから手術はしない」と言い、二〇〇四年の春には抗がん剤治療も拒否してしまった。そして「なすべきことをし終えた者はいつまでも生きるべきではない」と言って死に支度を始めた。

家族としては、たまったものではない。

何かできることはないかと、代替医療をいろいろと探し、父に与えた。キノコや海藻のエキス、北米原住民のハーブ、アンズや梅の種の抽出物、民間療法のあれやこれや——どれも結構な値段がした。父はそれらすべてを「そうか」とだけ言って服用したが、それは、自分を気遣う家族の気持ちに配慮したからだったのだろう。

大量の蔵書を整理し、全国にいる友人知人に「今生の別れだ」と言って会いに行き、中国へのツアー旅行に参加して自分の育った街を見学し（父は満州育ちだった）、最後は三週間ほどの入院生活を経て、父はこの世を去った。後はきれいに片付いていた。

葬儀に始まり納骨で終わる一連の手続きを除けば、家族に残されていた仕事は、泣き笑いしながら背広を整理することだけだった。父は服のセンスが悪いくせに背広はオーダーメイドと決めており、良い服地で仕立てたどうにも奇妙な柄の背広が山のように残っていたのである。後に医療関係者の知人からは「がんは、自分の意志で自分の人生の後片付けをして締めくくることができるという点では、そう悪い病気でもないのかもしれませんね」と言われた。

大枚はたいて父に渡したあれやこれやのサプリメントや健康食品やらが、いくらかでも父の寿命を延ばしたか、少しでも症状を和らげたかといえば、まったくそうは思えなかった。そして、私は、当たり前の事実に思い当たった。

がんの治療に関しては近代医学薬学が一世紀以上の努力を続けている。本当に効果があるものが存在するなら、それは治療法を鵜の目鷹の目で探索している医師、研究者、製薬会社などが取り上げてとっくの昔に製品化しているはずだ。そうならずに、健康食品やサプリメントとして流通しているということは——効果がない、または極めて薄いということに他ならない。

薬機法を通らない（通さない）ことの意味

そういう目で見ると、これらは巧妙に薬機法（旧薬事法。二〇一四年十一月に改正され「医薬品、医療機器等の品質、有効性及び安全性の確保等に関する法律（薬機法）」に）をくぐりぬけていることに気がついた。効能の記述はあいまいで、場合によってはパッケージに書いてもいない。効能書きを厳しく規制する薬機法をすり抜けているからである。

顔写真入りの「効きました」の体験談のパンフレットには隅に小さく「個人の感想です」というような注意書きが入っている。考えてみれば、本当に写真の人が「効きました」と話しているという保証もない。適当な顔写真と捏造の体験談の組み合わせであっても、消費者には確認する術はない。

中には「これが実用化されると、製薬会社は既存の薬が売れなくなるので製品化を妨害しているのだ」という説明付きのものがあったが、それは陰謀論というものだろう。本当に効くなら、妨害する以前に大々的に投資をして製品化するほうがずっと儲かる。たとえ「今売っている薬に投資しているので、回収できるまでは握りつぶしたい」としても、ライバルの製薬会社が先に製品化したら負けてしまう。だから、本当に効くのならば、今売っている薬品を切り捨ててでも研究投資して市場に投入するのが合理的である。

「薬機法に基づいて薬品としての認可を取るのには大変な時間がかかるので、少しでも早く悩める人に届けるために先行して規制の緩い食品として販売しているのだ」というものもあった。ちょっと待て、だ。薬効のある物質は量を間違えれば副作用が出る。人体に働きかける作用があるのだから当然のことである。よく効く薬ほど、量の調節はシビアになる。それを、素人が適当に飲み食いできる食品として売るということは――つまりは、効くとしてもその程度の効能なのだろう。

がんに限ったことではない。膠原病（こうげんびょう）やアトピー性皮膚炎など、治りにくい、あるいは根治法がない病気には、必ず何かしらの代替療法がまとわりついている。アルツハイマー病も例外ではない。

健康食品にサプリメントに、標準的ではない治療法――現在、私たちの生活には、あれこれの代替療法が入り込んでいる。特にアメリカでは一九六〇年代後半から、代替療法が勢力を伸ばし始め、今や巨大産業になっている。このあたりは、『代替医療の光と闇　魔法を信じるかい？』（ポール・オフィット著、ナカイサヤカ訳、地人書館、二〇一五年)が、何が起きたのかを解説している。この本は、やっかいな病気に悩むすべての人に必読だ。それどころか、「健康のためにサプリを摂らなきゃ」と考えている人は全員、読むべき本だと思う。

耳ざわりの良い宣伝文句で、巨大市場が成立した

オフィットによると、アメリカにおける代替医療市場の成立は、大まかにいうと以下のように進行した。まず「自然の物質」「穏やかな効き目」「副作用がない」といった耳ざわりの良い宣伝文句で、代替医療を売り出す連中が出現した。対象となる病気は、がんのように苦痛や不快感が大きく、現代の医療では治りにくいものだ。すると藁(わら)にもすがる思いで患者が集まってくる。彼らは本当に困っているので、金に糸目はつけない。だから代替療法は高く売れる。

薬効のない物質でも信じてしまえば効くというプラシーボ効果が存在するので、実際は効かなくても全然構わない。集まってきた患者はプラシーボ効果で勝手に「効いた」と思ってくれるので、放っておいても「医者でも治らなかった病気が治った」と宣伝してくれる。うまくすれば歌手や俳優、スポーツ選手などの有名人が引っかかって、広告塔として役に立ってくれる。効果的な集金マシンの誕生だ。集まった巨額の資金を使っ

て政治家に働きかければ、代替医療の合法化が可能になる。政治家も、ほとんどは医療の素人なので、一般消費者に対するのと同じようなやり方で「代替療法は良いものだ」と思わせることができる。

いったん法律ができて巨大市場になってしまえば、そこで働く人も増えるので、政府であってもおいそれと「実は効きませんでした」とは言えなくなる。こうして、「効かないか、または効いても大して効果がないのに儲け放題」の巨大市場が形成された。

この本では、代替医療に並行して成立したサプリメント市場についても解説している。読んでいくと、我々が日常的にいかに多くの間違った健康情報にさらされているかが見えてくる。ビタミン剤にアミノ酸錠剤に、天然ナントカの抽出剤に、自然のカントカの濃縮エキス——私たちが日常的に「効く」と信じ込んでいる、あれやこれやを、著者のオフィットは「意味がない」「効果がない」とばっさばっさと切って捨てていくのである。

父の死という代償を払って、私は「代替療法も健康食品も無意味」という認識を得た。その私のところに、「これを使ってください」と善意の代替医療グッズが届くとどうなるだろうか。

──つらい、ひたすらつらいのである。ストレスが耐えられる限界を突破しそうになっている状態では、ほんの小さなストレスがずきずきと精神に響くのだ。

ご当人は百パーセント、母を心配して送ってくれたもの。私の考えがどうであろうが、まさか右から左へゴミに出すわけにもいかない。仕方なく母に与えてみる。毎朝一包、頂いた健康食品を母に飲ませる。大したことのない手間に思える。しかし介護のストレスでいっぱいいっぱいになっている身には、この一手間が非常につらい。母は「これ、何?」と質問するから、「認知症に効くという健康食品です」とも言えず、「体にいいということでもらったものです」と嘘の説明をする。やっと飲ませると、今度は「まずい」「味が変」と文句が出る。母は記憶が残らなくなっているので、こんなやりとりを延々と毎朝繰り返すことになる。

「香りの刺激は、脳に良いそうです」とアロマ器具一式が届いて焚いてみた時は、母は「何、この臭いのは。やめて」と怒った。以後アロマ器具は放置である。「香辛料は脳への刺激になるので」ともらった強烈に香辛料が利いたインド風味のクッキーは、母が食べないので仕方なく私が全部食べた。

「ココナッツオイルは認知症に効くそうです」と大瓶でもらった時も、苦労した。朝食のパンにバターの代わりに付けるようにしたのだが、実は母は昔から、熱烈なバタートースト愛好家だったのだ。

中年以上の人は、マーガリンが一九六〇年代以降「バターより体に良い」というキャッチフレーズで食卓に普及したことを覚えていると思う。ところが母は当時から、「体に良かろうが悪かろうが知ったことではない。マーガリンのようなまずいものは食卓に載せることは許さない。絶対バターがいい」と言っていた。母は乳製品——バターと、コーヒーに入れるミルクだけは絶対に妥協せずに、植物性油脂由来のマーガリンとコーヒーフレッシュを断固拒否する人だったのである。そういう人の朝のトーストにココナッツオイルを載せると、「これは何？　変な臭い、まずい」となる。老人は一般的に、日頃の習慣を急に変えられるのが苦手だ。ココナッツオイルは決してまずい食材ではない。が、もともと食べる習慣がない母は「何か変なものを食べさせられる」と受け取り、反発する。慣れさせるまでは大変だった。

ココナッツオイルについては、二〇一六年三月に、消費者庁が「認知症やがんを予防すると宣伝して食用ココナッツオイルを販売したのは根拠が認められず、景品表示法違反（優良誤認）に当たる」として、販売した食品会社に再発防止の措置命令を出すというオチが付いた。あまりにココナッツオイル周辺の商売が「認知症に効く」をキャッチフレーズに使い過ぎたので、一番露骨に宣伝している会社を狙い打ちにして一罰百戒で「ココナッツオイルは認知症には効きません」と周知したらしい。実際、その前一年半ぐらいは、メディアでも「ココナッツオイルが認知症に効く」という健康情報が目立っていた。

「同情するなら金をくれ」

やっかいな病気に取りつかれた時、多くの人は代替医療に対して「効果があるかないか、やってみなければ分からない」という気持ちで手を出すのだと思う。

しかし、代替医療は代替医療であるというその時点で、基礎から臨床に至る様々な試験に基づいて効果が実証された標準的な医療手段に比べて効果は確実に薄いのだ。しかもその中には、まったく効果がないインチキも紛れ込んでいる。「やってみなければ分からない」ではないのだ。「やってみたところで、最良でもコストパフォーマンスは悪い。多くは意味なし」なのだ。それどころか、一部のサプリメントでは健康被害も報告されている。「最悪の場合、害あり」なのである。だから代替医療に手を出すぐらいならば、そのためのリソースはより確実かつ現実的な手段に使ったほうがいい。そのことは、介護の矢面に立った者が一番よく知っている。

では、認知症にかかった人へのお見舞いとしてはなにがいいのか。

認知症にかかった人に、何かできると考えないほうがいい。現状では特発性正常圧水頭症を除けば、認知症は根治することができない病気だ。しかも症状は時間と共に悪化し続ける。冷酷なようだが、友人知人などが病気に対してできることは何もない。むしろ認知症の人を介護する人に対して何か支援をできるか、と考えてもらいたい。

断言しよう。最良のお見舞いは「お金」である。現金を送ることに抵抗を感じるならば商品券でもいい。最近ならばネット通販のギフト券が、「何でも買える」という点で適当かもしれない。

介護生活に突入すると、どうしても収入に影響が出る。その一方で施設の利用や介護用品の購入で支出はどんどん増える。しかも、そのような状況がいつまで続くか分からない。収入は減り、支出は増えていつまで続くかも分からない状況において、一番もらってありがたいのは、お金だ。古（いにしえ）のテレビドラマ「家なき子」（一九九四年）で、安達祐実演じるすずが言う決め文句「同情するなら金をくれ」は、介護においては身も蓋もない真実である。

健康食品だって、介護する人が必要と考えれば、自分で購入するだろう。その場合もお金が必要になる。「これがいいから」と勝手に判断してモノを送るのではなく、「あなたの判断力を信用し、あなたの介護を支援します」という気持ちを込めて購買力を贈るべきなのである。というか、そうしてほしかった……。

第十章
あなたは、自分の母親の下着を知っているか？

二〇一五年の五月、公的介護の導入と並行して、私は韓国のソウルに一週間出張する準備を進めていた。World Conference of Science Journalists（ＷＣＳＪ）という科学ジャーナリストの国際会議がソウルで開催されることになっており、私のところに宇宙開発関連のセッションでパネラーとして登壇してほしいというリクエストが来ていたのだ。

家庭のことを考えると、断るべきかとも考えた。母の病状が徐々にではあるが進行していたためだ。二〇一四年十二月には夕食を宅配に頼むだけで、独りで家に残して、種子島の取材に赴くことができた。しかし、半年を経た二〇一五年六月には、自分で朝食、昼食を作ることができなくなっていた。が、このまま介護が続くと、自分が取材をすることが、どんどん難しくなっていくことが容易に想像できた。私のようなノンフィクション系の物書きは、外に出て様々な情報に接することが、仕事を継続するにあたっての生命線である。取材ができなければ、文章を書くというアウトプットを行えなくなり、商売あがったりになってしまう。それでは、母の介護を続けることも不可能になる。「なんとかなります」と言ってくれたのは、ケアマネージャーのTさんだった。「ちょうど要介護1の認定が出たところだし、六月の公的介護保険制度の点数は十分にあります。松浦さんのソウル出張に合わせて、ヘルパーさんに来てもらうようにしましょう。食事のタイミングで一日三回、それぞれ一時間ずつヘルパーさんに入ってもらえれば、お母さんもきちんと生活できるでしょう」

母は毎週金曜日に、リハビリテーション専門のデイサービスに通うようになっていた。ちょうど、円滑な通所のために、朝の送り出しにヘルパーさんに入ってもらおうと話していたところだった。今後どのような形になるにせよ、認知症老人の介護について心得を持つヘルパーさんが入ることは不可避だ。とするなら、この機会に、集中的にヘルパーさんに来てもらうようにして、母を慣れさせておくべきだろう。大変ありがたいことに、私の出張の後半から、ドイツ滞在中の妹が一週間の休暇を取って一時帰国してくれることになった。滞在中に、私では手の回らない母の身辺諸々のことを片付けてくれるという。弟も仕事の合間に顔を出すとのことだ。

かくして準備を整えて、六月七日、私はソウルに旅立った。

ヘルパーは高度な専門職である

ヘルパー――正式にはホームヘルパーという。前々章で、公的介護保険制度で受けることができる代表的なサービスのひとつとしてヘルパーを紹介した。介護保険法では訪問介護員という名称で規定された仕事である。ヘルパーは単なるパートタイムの仕事ではない。介護の専門家と位置付けられており、通常のお手伝いさんとは異なる。仕事に就くにあたっては「介護職員基礎研修」という百三十時間に及ぶ専門の講習を受け、資格を取る必要がある。

どの時間にどれだけヘルパーさんが家に入り、どんな仕事をするかは、介護家族とケアマネージャーが話し合って決定する。すると、介護計画をケアマネージャーが作成して、ヘルパーさんが所属する訪問介護事務所に連絡する。訪問介護事務所は所属するヘルパーのスケジュールを調整して、誰を派遣するかを決定し、家にヘルパーさんがやってくる、という手順だ。

ヘルパーの仕事の内容は「身体介護」「生活援助」「相談・アドバイス」と規定されている。身体介護は、食事や入浴やトイレ、着替えや歯磨きといった体に関係することだ。生活援助は調理や掃除や洗濯、買い出しといった生活に必要な仕事である。相談・アドバイスは言うまでもないだろう。この規定はかなり厳密で、例えば掃除といっても窓ガラス拭きや庭の草取り、豪雪地域なら雪かき、などは、いかにもやってもらえたらありがたいことだが、職務外だ。ヘルパー単独で買い物に行くことはできても、認知症の本人が買い物に行くのに付き添うことはできない。杓子定規とも思えるが、厳密な規定には、介護の専門職であるヘルパーさんが「便利なお手伝いさん」として、際限なくあれもこれもと仕事を押しつけられるのを防ぐ、という意味もある。

母が利用した訪問介護事務所の場合、「職務外のことをお願いする時は、人件費をすべて利用者が実費負担する」という運営方針だった。後のこととなるが、ケアマネージャーのTさんは、この仕組みをうまく使って、「正午から一時間は介護保険制度利用で食事の仕事をしてもらい、午後一時から一時間は自費で、本人の買い物の付き添い」というように、かなり柔軟に介護計画を組んでくれた。

私がソウルに行っている間の一週間、母は三人のヘルパーさんの介助を受けた。皆さん、我が家の近所にお住まいの六十歳前後の主婦の方だった。ヘルパーという職種は別に女性限定というわけではないが、母の介護にあたって男性ヘルパーに当たったことはなかった。全国的な傾向かどうかは分からないが、どうやら、現状のヘルパーという職種は、子供が成人した後の比較的高年齢の主婦層が家事経験を生かして、自宅の近所で働く仕事になっているようである。

人には相性というものがあって、ヘルパーさんに関しても、介護される側との「合う、合わない」はある。この点、母は幸運だった。私のソウル出張中に来てくれたヘルパーのKさん、Wさん、Sさんには、その後ひとかたならぬお世話になることとなった。さらに若干の人の出入りがあって、結局母は総勢六人のヘルパーさんに支えてもらうことになったのだが、彼女たち三人は主力として、母の生活を支えてくれた。特に、KさんとWさんはその後、ぐずる母をデイサービスに送り出す朝の送り出し要員として大活躍してくれたのである。

ただし、最初はやはり大変だったようだ。私は、その場に立ち会ったわけではないが、母は「あなた誰？　なんのために来たの」と、警戒した様子だったという。が、そこはきちんと講習を受けたプロである。何度も同じ言葉を繰り返す母に柔らかく対応し、食事を作り掃除・洗濯をして母の生活を支えてくれた。土日は弟が入ったし、週の後半からは妹も加わり、母はヘルパーさんの導入という生活の変化を乗り切ることができた。心配しつつ帰宅した私を迎えたのは、まんざらでもない母の表情だった。

もっとも記憶はあまり残っておらず、その後も何度も来ているヘルパーさんを指しては「誰、あの人？」と聞かれたのだけれど。

ヘルパーさんの導入と並行して、母を別のデイサービスに通わせる準備も進めていた。

毎週金曜日、午前九時～正午のリハビリテーションの時間は、私にとってほぼ唯一の空白の時間となったが、それだけでは、私にかかる負荷はあまり減らない。要介護1で使える公的介護保険の点数からすると、その他に週に一日はデイサービスに通うことが可能だ。

更新されていないデイサービス施設のイメージ

母は、元気な頃から「老人を一カ所にまとめて面倒を見る場所」を強く嫌悪していた。「年寄り集めて、チイチイパッパとかお遊戯やらせて、何そんなバカバカしい。私はそんなものの世話にならない。なりたくない。自分は好きなように生きる」と、ことあるごとに言っていた。これは、自分もそうだし、おそらく読んでいる方のほとんどが同感だろう。だが、実際問題として現在のデイサービス施設では、「老人にチイチイパッパとお遊戯」なんかさせていない。おそらく母が、「老人を集める場所」について偏見を持つようになったのは、自分が父親、すなわち私の祖父を介護した一九八〇年代後半から一九九〇年代初頭にかけてだろう。「チイチイパッパのお遊戯」は、増える認知症老人に対してまだ社会がどう対応して良いか分からない時代の、試行錯誤の一例だったのだ。

デイサービス施設は多種多様で、施設別に様々な特徴を持っている。本人に合った施設を選ばないと「嫌だっ、行かない！」となってしまう。母の性格を考えると、あれこれ強制することなく、柔らかく接してくれる施設を探す必要があった。実は、このタイミングで妹が一時帰国した理由の一つは、母を通わせるデイサービス施設の選定があった。帰国中、妹はケアマネージャーのTさんと相談して、あちこちのデイサービス施設の見学に行った。そして、妹が「ここなら母を通わせても大丈夫だ」と感じた施設があった。

住宅街の一般家屋を使った少人数を対象としたデイサービス施設で、家にいるのと同じように過ごすことができる。見学時点では定員が一杯で空きがなかったのだが、私の帰国直後に月曜日の通所に空きができたという連絡が入り、六月末から母は、リハビリのデイサービスに加えて通常のデイサービスにも通うことになった。リハビリは昼までの半日だが、通常のデイサービスは午前九時半から午後四時半までの七時間。送り迎えの時間も考慮すると実質八時間だ。このデイサービス通所が決まって、私がどれだけほっとしたことか。介護経験のある方なら理解してくれるだろう。昼も夜も常に注意していなければならなかったのが、週に一日、昼間、全面的に解放されるのだ。

通所開始に伴ってケアマネージャーTさんが、大幅に組み直した介護計画を作成した。

母がヘルパーさんを受け入れてくれたので、その他の曜日も、何日かは、ヘルパーさんが昼に入って食事を作ってくれるようになる。つまりその日は私は昼から夜にかけての外出が可能になる。デイサービスはまず「お試し」といって短時間の利用で、本人が馴染めるかどうかの様子を見る。大丈夫と判断できたら、次の週からの利用が始まる。母のお試しデイサービスは六月二十五日に決まった。

この日のためにケアマネのTさんと相談し、入念な準備をした。送り出しのために、朝はヘルパーのKさんに来てもらった。Kさんが「おはよーございまーす」と高らかにあいさつして、「さあ松浦さん、今日はお出かけですよ。お着替えしましょう」と声をかける。私の言うことは聞かない母でも、行こうかという気分になるだろう、という作戦である。

しかし母はぐずった。

Kさんが来てもなおも「行きたくない」と言い張った。

デイサービスへは迎えの自動車に乗って通所する。迎えが来てもなおも嫌がった。仕方ないので、少し間を空けてもう一度迎えに来てもらい、やっと送り出すことができた。私はほとほと消耗したが、Kさんは「どなたも最初はこんなものですよ。気にしないことです」と言って笑っていた。午後三時、短めのデイサービスを終えて母が帰宅した。その表情は明るく、これなら馴染んでくれそうだと、ほっとした。

母親の下着なんて分かりません！

さらに、妹は重要な仕事をしていった。母の着衣の夏物への入れ替えと下着の整理だ。

ここで世の男性の皆さんにお尋ねしたい。

あなたは、自分の母親がどのような下着を着用しているかご存じだろうか。それが、季節によってどのように変化するかを把握しているだろうか。

もちろん私はそんなことはまったく知らなかった。母の下着なんてものは子供の頃に母が着替えていたのを見た以来、目にしたこともなかった。母はずっと、自分で自分の下着を管理してきた。が、今の母はあらゆることの管理能力を失い、なにを聞いても「よく分からない」と答えるようになってしまった。ところが私は、そもそも下着を見てもその着用法すらよく分からない始末だ。妻帯者なら伏して妻に下着の整理を頼むところだろうが、あいにく私は独身である。妹がやってきて、下着を入れ替え、一部は買い整えて整理整頓したことで、どうやら母は暑い日本の夏を迎える準備をすることができた。

やっと介護の形が整ってきて、先への展望が開けてきた——そう思えるようになった六月末だったが、この時、もう一つの深刻な事態が進行しつつあった。失禁である。母が失禁するようになっていたのだ。

第十一章
その姿、パンツを山と抱えたシシュポスのごとし

あまりにつらい記憶なのだ。

なので、ここまで書かずに引っ張ってきたのだが、もう書かないわけにはいかない。

失禁の話である。

母に失禁の徴候が出たのは、二〇一四年十二月末だった。最初に気がついたのは、自分が洗濯した覚えのない母のパンツが、こそっと干してあることだった。どうしたのか聞くと最初は答えなかったが、繰り返しているうちに開き直ったような口調で「汚しちゃったのよ」という返事が返ってきた。

失禁か——女性は男性に比べると尿道が短いので失禁しやすい。老人でなくとも失禁に悩む女性もいる。これは仕方ないな、というのが当初の感想だった。「汚したなら、他の洗濯物と分けて出してくれれば洗いますよ」と言ったが、その後もこそっとパンツ

が干してあるということが続いた。

放置するわけにもいかないので、対策を考えた。ドラッグストアに行くと、パンツの内側に貼り付ける尿漏れパッドという製品を売っている。買ってきて、「これを使いなさい」と渡すと、予想外の反応が返ってきた。「嫌だ、こんなもの絶対使わない。なにこれ。ごわごわして、こんなもの付けたらはき心地が悪くて気持ち悪くて仕方ない」。激烈な拒否である。

「そんなこと言っても、漏れてしまうのだから仕方ないでしょう。こういったものを使って快適に過ごせるようにしないと……」

「やだ、絶対使わない。私はこんなもの使わなくていいの。汚したら自分で洗うんだからいいの。自分でやるからいいの」

こんなやり取りが毎日続く。いくら言っても、母は尿漏れパッドを使ってくれない。

洗濯機の更新が呼んだ意外なトラブル

二〇一五年一月、自宅の洗濯機を新調した。それまで、母はクラシックな二槽式洗濯機を愛用してきたのだが、いい加減古くなり調子が悪くなったのと、隠れてパンツを干す回数が増えたことから、今後洗濯物が増えるだろうと判断して、全自動一槽式洗濯機に替えたのである。ところが、これが原因で、母は自分で洗濯ができなくなった。新しい洗濯機の使い方が覚えられなかったのだ。これは虚を突かれたが、洗濯機に限らず道具を「新しく買い替えると使えなくなる」という事態が起こることは、介護する立場の、特に男性は心得て置いたほうがいいかもしれない。

「前のほうが良かったのに」と文句を言われたが仕方がない。母の出す失禁パンツの洗濯は、私の仕事となった。まずバケツを使って水でよくすすぎ、次いで酸素系漂白剤に浸け込み、しかる後に洗濯機にかける。尿とは、つまるところ濃縮された汗であり、腎臓で濾過されている以上不潔なものではない。多少の臭いは慣れの範囲内だ。とはいえ、愉快な作業でもない。二〇一五年三月から五月にかけて、私がストレスで幻覚が出るまで追い詰められた背景にはこんなことがあったわけだ。が、これは実は序の口だった。漏れる量が増えて「パンツに付いてしまった」というレベルではなくなっていったのである。

二〇一五年六月の初旬だったと記憶している。その朝、私は母と言い争いをした。一体何が原因だったのか正確には覚えていない。確かなにか朝食のメニューのことだったはずだ。つまらないことで始まった言い争いはエキサイトして怒鳴り合いになり、そして——下腹部に力が入ってしまったのだろう——突如母が失禁した。音こそしなかったが、擬音を付けるなら「ジャッ」というものになるだろう、そんな勢いの失禁だった。

はいていたズボンは濡れ、足首から尿がしたたった。我に返った私が最初に考えたのは「あ、これか」ということだった。

数日前から、トイレの前の廊下に妙な水滴が落ちているのに気がついていたからだ。こうなってしまっては言い争いを続けることはできない。板の間で失禁したのが不幸中の幸いだ。すぐに拭き掃除をし、着替えさせ、洗濯する。こうして失禁との闘いが始まった。トイレ前の廊下に尿がしたたっていることが増えた。尿意を感じてトイレに行こうとしても、間に合わずに手前の廊下に漏らしてしまうのである。発見するとすぐに拭き掃除をして、洗濯機に向かう。すると、そこには隠れて汚れ物を洗濯しようとしている母がいる。新しい洗濯機は使えないはずでは？　そう。だから、トラブルの規模を拡大している真っ最中だ。

新しい洗濯機は、スイッチを入れれば注水から脱水まで全自動でやってくれるのだが、母は使うことができない。以前の二槽式洗濯機と同じように、まず洗濯槽に水を入れようとして、バケツで水を汲んで、その水を洗面所の床一面にこぼしたりしている。あわてて母から、洗濯物を取り上げ、洗面所の床を拭き掃除して、それから汚れ物の洗濯に取りかかる。六月のソウル出張から帰ったあたりから、こんなことが一日に何回も起きるようになった。一回の失禁で、床掃除にパンツ一枚にズボン一着、場合によっては靴下も一足洗わねばならない。一番ひどい時は、一日に五枚のパンツとズボンを洗った。もう私は、あまりの情けなさに泣きそうになった。

五枚も洗うと、次の日にはくズボンがなくなってしまう。やむを得ず、パンツとズボンを抱えてコインランドリーに駆け込んで乾燥機にかけることになる。そして次の日にはまた失禁……気分は、大岩を山の上まで押し上げるも、その都度岩が転がり落ちるというギリシャ神話のシシュポスである。「隠さないでくれ。漏らしたら私を呼んでくれ」と言っても母は聞き入れない。いや、聞き入れないのではなく、何度言っても記憶に残らないのだろう。そして意地を張る。「隠してなんかいない。全部自分でやるからあっちに行って」と言う。

「私がやります。貸してください」

「自分でやるからいいの！」

「昨日も一昨日（おととい）も、自分で洗濯できなかったでしょうが」

「いいからあっち行って。どうでもいいからあっち行って。自分でやるからあっち行って！」

「なんでそうも言うことを聞いてくれないんですか！」

言い争いになり、消耗し、なんとか汚れ物を取り戻して洗濯して干す。やれやれと思って、気がつくとまたトイレの前の廊下には尿が漏れており、洗濯機の前では汚れ物を抱えた母が水をじゃあじゃあこぼしていて——以下同じことを一日に何回も繰り返す。ここまでの状態になっても、母は頑として尿漏れパッドの装着を拒否した。気持ちは理解できる。自分で自分の排泄を律するというのは、人間にとって基本的な尊厳だ。その尊厳を自分で維持することができなくなった時、それを自分で認めるのは大変つらいことである。が、付けてもらわねば、こちらの精神と肉体が持たない。

「お願いだから付けてください」

「嫌、絶対嫌！」

延々と言い争いが続く。

失禁の問題は家庭内に収まらなかった。私と母は、夕食の支度が面倒になると時折近所の食堂を利用していた。失禁問題が深刻化し始めた頃だったが、いつものつもりで食堂での夕食を済ませて、さあそろそろ会計しようかという時に、急に母がそわそわし出した。「私、先に帰ってる」とさっさと外へ出てしまう。おかしいなと思いつつ会計をしていて、はっと気がついた。食堂の椅子が尿で濡れていた。漏らしてしまったのである。

なにしろ場所が食堂で、横では多くの人が食事をしている真っ最中だ。平謝りに謝った。女将(おかみ)さんは親切な方で、「誰だって歳を取ればあることとです。掃除はこちらでしておきますから、お母様を追っかけて御世話(おせわ)してくださいな」と言ってくれた。翌日、私は一升瓶を提げて食堂を訪ね、再度深々と頭を下げたのだった。この事件は、「母が外で漏らした」ということよりも「自分で責任を取らずにさっさと出て行ってしまった」ことがショックだった。

ケアマネージャーのTさんに相談したところ、「それは責めないであげてください」と言われた。「おそらく、漏らしてしまったことで軽くパニックになって、何をすればいいのか分からなくなって、その場から逃げてしまったのだと思います。アルツハイマーの方には、ままあることです。やさしく接してあげてください」――。認知症の人にはやさしく柔らかく接して、ゆっくりと態度を変えていくというのが基本だ。だが、この状況下では私にはできなかった。できなかったことを、私の「敗戦」として数えることもできるだろうが、正直なところあの状況下でなおも常にやさしく接することのできる肉親が、いかほどいるだろうか。

肉親を介護するゆえのつらさ

健康だった頃は、相互に感情を読み合って衝突しないようにうまくやってきたものが、認知症を発症するとそれまでの以心伝心がうまく機能しなくなる。認知症を発症したからといって、声や表情といった表面的なパーソナリティーがすぐに変化するわけではない。今まで通りだ。見た目が今まで通りのままで行動が不可解になるので、どうしても感情的な衝突が発生する。「お互いよく知っている」ことによって維持されていた信頼が、甘えへと変質すると言ってもいいだろう。

肉親による介護の場合、介護する側とされる側の両方とも、甘えを排除しきることができないのだ。ではどうするか。プロに頼るしかない。

ちょうど頻繁に失禁するようになった時期に、公的介護制度の利用が始まって、ヘルパーさんが家に入るようになったのは、幸運なことだった。彼女たちは「身内の方が言うと、どなたも嫌がるんですよ。私たちが付けるようにうながして、徐々に尿漏れパッドを装着することを習慣にしていきましょう」と言ってくれ、実際にそのように行動してくれた。

七月に入ると、本格的なデイサービスへの通所と同時に、ヘルパーさんたちの手による本格的な介護が始まった。家族が言っても甘えの感情が働くのか言うことを聞いてくれないことでも、他人がプライドを傷つけないように柔らかく説得すると、言うことを聞いてくれるものだ。彼女らのおかげで、母は不承不承ながら尿漏れパッドを自分でパンツに装着するようになり、やっと私は毎日何枚ものパンツとズボンを洗う生活から解放された。

ヘルパーのKさんには、「松浦さんはまだまだずいぶんと良いほうですよ」と言われた。

「私がこれまでにお手伝いした方の中にはもっと大変な方もおられましたから。小だけでなく大を漏らしてしまった下着を、そのまま隠してしまうなんて方もいました。〝恥ずかしい〟と思って〝他人様に見せられない〟という意識が先に立ってしまったんですね。でも、そうやって隠されるとヘルパーには見つけるのが難しいんですよ。それで時間が経ってから押し入れの隅とか戸棚の裏から、からからに乾いた便がくっついたパンツとかがごそっとまとまって出てくるんです」

母は便が付いたパンツを隠すところまではいかなかった。が、その後も失禁の症状はゆっくりと悪化し続けた。二〇一五年の秋には、失禁の量が増えて、パンツに貼り付ける尿漏れパッドでは対処できなくなった。朝になると吸いきれなかった尿が寝床を汚している。こうなると大人用のおむつを着用するしかない。「おむつ」という言葉には屈辱的な響きがあるせいか、介護の分野ではリハビリパンツという名称が一般的に使われている。少しでもはき心地の良い物を、といろいろと調べ、吸水量三百ccのリハビリパンツを買ってきて、母に渡した。が、ここでも母は激烈に抵抗した。

「こんなものはけない。こんなもこもこした感触の悪いものをはくのは嫌」

「でも、はかなければ漏らしちゃうでしょうが」

「嫌なものは嫌、絶対嫌」

この頃になると、母の抵抗は生活習慣を変えられることに対する拒否感に基づくものだと分かってきた。デイサービスへの通所にせよ、尿漏れパッドの装着やリハビリパンツの着用にせよ、それまでの慣れた生活を変えることが苦痛になっているのだ。

宇宙飛行士の気分を味わう

が、頭で理解するのと、感情とは別だ。嫌だ嫌だと言っている母を目の前にすると、平静を保つのは難しい。

「こんな感触が悪いもの、あんたもはいてみなさい。はけっこないわよこんなもの！」

「はいてみろ？　はけばいいんだな。私がはけば、はいてくれますよねっ」

売り言葉に買い言葉もいいところだが、私は激高していた。その場でパンツを脱ぐと自ら買ってきたリハビリパンツを母の目の前で着用して見せた。

「ほら、はけるでしょうが」

母は、「そんな……」「だからって……」とぶつぶつ言っている。

「このまま一日着用します。私にできるんだからお母さんにもできるはずです。着用してくださいねっ」

その日、私はリハビリパンツを着用し続けた。単に激高しただけではなく、好奇心もあったからである。宇宙飛行士は、宇宙服を着用して船外活動を行う際、大人用おむつを着用する。最長で七時間にも及ぶ船外活動中、尿を我慢しなくて済むようにするためだ。どんな着用感覚かを知る良い機会なので、実際にパンツに放尿してみた。子供用紙おむつもそうだが、最近の尿関係の製品は吸水ポリマーを使用していて、完璧に水分を吸収して濡れた感触にはあまりならない。さすがに技術は進んでいるものだと感心した。

これで、母がリハビリパンツを着用してくれるようになったならば、きれいに話が落ちるのだが、なにしろすぐに忘れてしまうのでそうはならなかった。本人から進んで着用するようになるまでには、ヘルパーさんたちの粘り強い働きかけが必要だった。

そしてひとつ問題が解決すると、次の問題が起きる。母が、使用済みのリハビリパンツを勝手口の土間に放置するようになったのだ。リハビリパンツは一杯に尿を吸うと、量が多いのでそれなりに臭う。それまで母は自室のゴミ箱に尿漏れパッドを捨てていたが、臭うので部屋の外に出すようになった。勝手口の外にはゴミ箱が置いてあり、そこに捨てるよう言ったのだが、勝手口から降りて外まで捨てに行くのが面倒なようで、勝手口に放置するようになってしまった。

朝起きると勝手口にぽんと置かれた使用済みリハビリパンツを外のゴミ箱に捨てるのは私の役目となった。ここで問題になるのは、我が家の老犬である。廊下に敷いたおしっこシートで小便をするよう躾(しつ)けてあり、朝になるとシートを交換する。犬の小便の臭いだけなら我慢するし、母の尿の臭いだけでもまあなんとかなる。しかし、この二つが合わさると……朝、犬の使用済みおしっこシートと合わせて、使用済みリハビリパンツを片付けるのが私の日課となった。

ひとりと一匹の尿の臭いの合成は、朝を憂鬱なものにするのに十分であった。

第十二章
どこまで家で介護をするか、決心が固まる

二〇一五年六月二十九日月曜日から、母の新しい生活が始まった。月曜日はデイサービスで過ごし、金曜日は半日のリハビリテーションで通所。間の曜日もお昼にヘルパーさんが入って生活を補助する。四月に弟が公的介護保険制度の導入に動いてから、実際に要介護1の認定を受け、生活を組み直すまでに、ほぼ三カ月がかかった。私は、これでいくらか楽ができるようになるか、と思った。五月のリハビリ通所開始から少しずつ介護の負担は減っていた。失禁は悩みの種だったが、ここからは自分だけで背負い込まずに、ヘルパーさんたちと協力して事に当たることができる。

が、新生活開始と同時に事件が起きた。もう一度生活態勢の組み直しが必要になるほどの一大事だった。母が転倒したのである。正確に書くと、誰も転倒したことを確認していない。本人も覚えていない。まるで「誰も見ていない森の中で木の葉が落ちたとして、それは本当に落ちたと言えるのか」みたいな話だ。だが負った怪我から判断すると、

間違いなく母は転倒したのである。

老人にとって転倒は恐怖だ。筋力も反射神経も衰えているので、とっさに身をかばうことが難しく、怪我をしやすい。骨も弱くなっているので骨折しやすく、特に脚を骨折してしまうと、そのまま寝たきりになることもある。前に書いたように、母はこの年の四月九日に犬を連れての散歩中に転倒し、上前歯のブリッジをすっ飛ばし、顔面に擦り傷を負った。ブリッジを直すための歯医者通いは、五月いっぱいかかった。だからかなり注意していたのだ。それでも転倒は起きてしまった。

六月二十八日日曜日、起きると母は「左肩が痛い」と顔をしかめていた。理由を聞いても「分からない」と言う。私はあまり心配しなかった。というのも、母は時折脚の痛みを訴えることがあったのだが、なにもしなくとも一日で治っていたからだ。部位は違うがいつもの痛みだろうと思っていた。ところが翌朝二十九日、初めての午前九時から午後五時までのデイサービス通所の日を迎えても、まだ母は「肩が痛い」と言っていた。

「痛いから行かない」と言う母を疑う

判断に迷う事態だった。送り出しに来たヘルパーのKさんと、どうしようかと相談する。なにしろ初日だ。ここをうまく乗り切らないと「嫌だ、行かない」と拗ねてしまうかもしれない。肩の痛みが続いているのは気になるが、ここはなだめて送り出したほうが良いだろう。私、ヘルパーKさん、そして迎えに来た職員さんと三人でぐずる母をなだめすかし、デイサービス初日へと送り出した。

いや、こう書くのは正直ではない。嫌な話だが私は、母がデイサービスに行くの嫌さに、「肩が痛い」と偽っているのではないかと疑っていた。肩が痛いというのが嘘ならば、なんとしても送り出し、初日を円滑に過ごさなくてはならない。後で反省した。母はそういう嘘をつくような人ではなかったのを、自分は知っていたはずなのだ。

午後五時、帰ってきた母は、肩が動かないようにコルセットでとめられていた。「どうしても痛いということなので、今日はこうして休んでもらいました」と送ってきた職員さんが言う。どうも妙だ。いつもの脚の痛みとは様子が違う。

翌三十日の朝、いつまでも母は起きてこなかった。二階の母の部屋に起こしに行くと、母は布団をかぶってうんうんとうなっていた。「さあ起きましょう」と布団をめくって、私はやっと事態が深刻なことに気がついた。母は、自分の布団の中にうずくまったまま、尿と便を漏らしていた。痛みのために起きるに起きられずに、トイレに行くことができなかったらしかった。

そこからは大変だった。母を着替えさせ、漏らした便を始末し、汚した寝間着にシーツ、布団についた便をまず流水で洗い流し、塩素系漂白剤に浸け込む。痛い痛いという母に簡単な朝食を出して、その間にタクシーを呼び、大急ぎで整形外科に連れて行った。撮影したレントゲン写真を一目見て、整形外科の医師は大声で言った。「こりゃ脱臼だよ。きれいにはずれている」。「えええっ」と、私はかなり素っ頓狂な声をあげた。まさか脱臼のような大事とは思ってもいなかった。

「私も、学生時代に柔道をやっていて肩を脱臼したことがあるけれどね。これは痛いでしょう。お母さんがいつ脱臼したか分かりますか」

「分かりません。ただ、日曜日から痛いとは言っていたのですが……」

「日曜日か。というと二日経ってますね。あのね、脱臼というのは簡単に言うと、関節部分を押さえている筋肉が断裂して、嚙み合っていた骨が抜けるんです。元に戻すには、その断裂に沿って骨をはめ込みます。だから、脱臼してすぐは割と簡単に元に戻せるんですが、日数が経つと筋肉の断裂が治癒し始めるので元に戻すのが大変なんですよ。最悪の場合は手術になります。二日だと……さあ、私一人で戻せるかなあ。やってみましょう」

　医療用ベッドに寝かされた母を、看護師数人が寄ってたかって押さえ、医師が左腕を持って思い切り引っ張る。

「あいたたたたた、痛い、痛い！」。母が叫び、顔を歪める。

「む？　むむっ」。うまくいかないようで医師は何度も引っ張る。

　そのたびに母は「痛い、痛い」とじたばたし、それを看護師さんたちが「がんばって、我慢して」と押さえ込む。医師の息が切れてくるが、どうしても骨をはめることができない。

「……ダメだ。これはもう私の力では無理です。はめるには何人かでかからないといけない。総合病院に紹介状を書きますから、すぐに行ってください」

　紹介状を持って総合病院まで再度タクシーを飛ばした。総合病院の整形外科には、最初の整形外科医院の医師から電話連絡が入っていた。すぐに母は治療室へと案内される。「ご家族の方は、廊下で待っていてください」ということで、私は廊下のソファに腰を下ろしたのだが……。

　マンガで、コマの外から聞こえる悲鳴を、放射状に広がるイナズマ線で表現することがある。まさにあれだ。廊下まで母の言葉にならない悲鳴が響いてくる。なかなかはまらないらしく、間をあけては、悲鳴が何度も何度も続く。これではまらずに手術なんてことになったら大変だぞと思っているうちに、ぴたっと悲鳴が止まり、治療室から母が出てきた。

「三人がかりでしたが、なんとかはめることができました。二週間は腕全体をコルセットで固定して肩を動かさないでください。治ったと思ってもしばらくは脱臼しやすくなっていますから注意してください」

ほっとした。心底ほっとした。と、同時に、「これは母の生活スタイルを根本から考え直さなくてはいけない」と考えていた。

肩が治るまでは、という悲しい言葉

総合病院で会計を待っている間に、ケアマネージャーのTさんに電話をして事情を話した。「想像なのですが、おそらく夜間にトイレに起きたか何かで転倒したのではないかと思います。それで変な手の突き方をして左肩を脱臼してしまった。本人は忘れてしまったのでしょう」と伝えると、Tさんは機敏に反応した。

「分かりました。早急にレンタル事業者さんに連絡を入れて介護用ベッドを手配します。今晩から必要ですね」

この時、私は決心していた。

転倒したとしたら、大きな原因は階段の上り下りではなかろうか。今回は、アルツハイマー病のせいで自分が転倒したことを記憶できないため、脱臼の治療が遅れた。同様の事態を繰り返すわけにはいかない。ここまで母は、二階の自分の部屋で暮らしてきた。だが、もう無理だろう。母の生活の中心を一階の応接間に降ろそう。応接間を中心に、母が快適に暮らすことができる環境を早急に構築しよう。

レンタルの介護用ベッドは、その日の午後に届いた。応接間は父が元気な頃は自分の書斎として使っていたが、父の死後はずっと空っぽで何も置いていなかった。そこに介護用ベッドを設置する。転落防止用の柵が付いていて、電動で背中を持ち上げることができる構造だ。ベッドには専用の防水シートを敷いて失禁に備えるようにした。「今日からはこちらに寝ましょう」と言うと、母は「肩が治るまではしようがないわね」と言った。

いや、治るまでじゃない、と私は思った。もう二階の自室には戻れない。これからはずっとこの応接間で生活することになるのだ。


老いるということは、そのどこを取り出しても不可逆の過程だ。だが、普段はそのことを意識することはあまりない。脱臼に伴う介護用ベッドの導入のような大きなイベントがあるたびに、私たちは「元には戻らぬ時間」を改めて意識し、その無常さに嘆息する。この家は私が中学生の時に父が建てたものだ。それ以来四十年、ずっと母は二階の部屋で過ごしてきた。家具を選び、お気に入りの小物で部屋を飾って生活してきた。その生活は今日でおしまいだ。もうあの部屋で母が就寝することはない。

小さなことだが、ひとつの生活の記憶が終わったのだ。

感傷と同時に、朝の寝床に漏らした便の始末をしたことで、私の中で「どこまで母をこの家で介護するか」という見通しもできつつあった。母が自分で排泄をコントロールできるかぎり、がんばってこの家で母の介護をしよう。失禁は、尿漏れパッドを付ける習慣さえできれば、母本人が対応できる。が、便を漏らすようになるとさすがに私一人での介護は難しくなるだろう。そうなるまではこの家で母が暮らせるようにしよう。排泄のコントロールができなくなったら、その時は、どこか預ける場所を探すことにしよう。

自分の力できちんと排泄するということは、人間にとって根源的な尊厳の源だろう。私は、脱臼騒ぎをきっかけに、母が自らの能力で尊厳を保てるかどうかを、家での介護を続けるか否かの基準としたのであった。

第十三章
予測的中も悲し、母との満州餃子作り

デイサービス通所初日から、左肩脱臼というとんでもないトラブルに見舞われたが、おかげで母の生活の拠点を二階の自室から一階の応接間に移すことができた。

失禁は相変わらずだが、ヘルパーさんたちの誘導（介護の世界では「説得」とは言わない。自らその方向に動くように〝誘導する〟と言う）で、本人は不承不承ながら、尿漏れパッドを着用してくれるようになった。そしてウィークデイの昼間はヘルパーさんが入ることで、私が食事の用意をする必要がなくなった。二〇一五年七月、どうやらやっと、公的介護保険制度で本格的に介護する態勢が整った。二〇一四年七月に母の様子がおかしいことに気がついたのだから、実に一年かかってしまったわけである。ここまで負けて負けて負け続けの介護戦線で、ようやく踏みとどまる足がかりができた。

このへんで、母の食事に関してどのような苦労があって、どうやって乗り切ってきたかをまとめておきたい。私のやったことが介護面や栄養面において絶対正しいとは思わないが、いい年した独身男が母の食事の面倒を見ることになってどんな七転八倒を経験したかは、いくらかは役に立つ情報になる、かもしれない。

二〇一五年の年明けあたりから、母は自分で食事の支度がまったくできなくなり、三度の食事を用意する責任が私にかかってきた。あまり「おいしい」とは言ってもらえず、申し訳ないことをしたと思っているのは、第四章で書いた通りだ。が、食事には楽しみの他に身体の健康を維持するという役割がある。うまいまずいとは別に、健康を害するような食事にならないように、それなりに注意はした。

食事のポリシーは「野菜を一日三百五十g」

最初に考えたのは、「健康を維持できる食事のポリシー」を考え、徹底すべきだろうということだった。ポリシーといっても、大層なものではなく「これさえ守っていれば健康は維持できる」という原則はないかと考えたのである。しかし、栄養学の専門家ではない自分がいくら考えても限界がある。また、ポリシーが煩雑なものになっては、どうせ守れないだろう。いろいろ考えた末に、ひとつだけ決めた。「野菜は毎日、生で計った状態で三百五十g以上を、なるべく食べるようにする」ということだ。これは、厚生労働省が出している栄養摂取基準そのものである。いろいろやってもどうせ続くはずがないのだから、一番普通で、かつ効果がありそうなものだけを守ろうと考えた。

ネットを見回すと「一日三百五十gなんて無理だ」という書き込みを散見する。本当に無理なのかどうか、自分で野菜を計量して考えてみる。といっても野菜は工業製品ではないので大きい小さいがある。ごく大ざっぱに五十g単位で重さを把握してみた。普通のトマトはひとつ百g前後、レタスは葉が二枚で四十~五十gぐらい、ピーマンは一個でまあ五十gぐらい、ニンジンは一本百~二百g、ほうれん草は一束で二百gぐらい、タマネギは百~三百g——。

次に、朝食を組み立てた。というのは、亡父が「朝食は一日の元気の源だ。がっちり食べろ」という人だったので、母は長年かなりしっかりした朝食を作り、自分も食べてきたからである。同時に朝食で、きっちり野菜を食べることができれば、昼と夜はあまり神経質にならなくても三百五十gという目標を達成しやすくなる。なにより朝食はメニュー固定でもあまり文句が出ない。

トマト半分で五十g、レタス一枚で二十gぐらい、これをサラダにする。時には薄くスライスして水に晒したタマネギや茹でたブロッコリーを載せる。これだけでも野菜は百g前後になる。さらに刻んだピーマンと同じく刻んだベーコンを炒めて卵を落として目玉焼きにする。これで五十g追加。さらにハムかソーセージ、そしてナチュラルチーズをひとかけら付ける。トーストは一枚の半分で、バターとチーズを絶対載せる。紅茶はきちんと牛乳を入れたミルクティー。そして、季節の果物、ないしはヨーグルトを付ける。

以上を基本に、少しずつバリエーションを作って飽きが来ないようにしていく。例えば目玉焼きは、ニラをとじたオムレツにしたり、ジャガイモ、タマネギ、ベーコンを炒めたジャーマンポテトをとじたり、あるいはゆで卵にしたりする。脱水症状を起こしやすい老人にとって、十分な水分補給も重要だ。母は元気な頃から何かとお茶を飲む習慣があったので、朝と晩に大きめのポットに烏龍茶を作り置きして、いつでも飲めるようにした。昼間だけでなく、夜間にトイレで起きてきた時も飲んでいたようである。

昼食はなるべく簡単にする。茶碗一杯の御飯に、アジの干物を焼いて大根おろしを載せ、鰹節を載せたほうれん草のおひたしに、納豆一パックというように。焼きそばもよくやった。麺とほぼ同量のキャベツや細かく刻んだニンジンなどを加えると、かなりの野菜を食べることができる。うどんや蕎麦の場合は必ず、ほうれん草のおひたしを付けるようにした。夜は、必ず肉か魚を一品付けた。たんぱく質不足にならないためだ。油は比較的無難であろうと判断したオリーブ油とゴマ油に限定した。そもそも多種類の油を台所に揃えても、自分ではうまく使いこなすことができない。

一方、食事に含まれる脂肪分を減らすことは、特に考えなかった。脂肪を減らすのは、血管内へのコレステロールの付着を防ぐためだが、もう母は八十歳を過ぎている。コレステロールを心配するより、人間が本能的においしく感じる脂肪分で食事を楽しんだほうがいいだろうと判断したからである（もちろん私の調理の下手さを隠すという意味もあった）。

手間を減らすために市販の調味料は、よく使った。回鍋肉（ホイコーロー）やエビチリに麻婆豆腐（マーボーどうふ）などだ。照り焼きやバターソテーのような焼き魚は簡単なのでよく作った。サンマの季節になると週に数回はサンマを焼いて出した。野菜を食べるという意味では、野菜と鶏肉のポトフを頻繁に出した。後片付けが面倒だったので、揚げ物はせず、食べたくなったら出来合いのものを買ってくるようにした。最寄りの駅ビルに入っているとんかつ屋のひれかつと、大型ショッピングモールのジャンボチキンカツにはずいぶん助けられた。

——と、このように自分なりにずいぶんとがんばってみたわけだが、これが栄養学的にどこまで正しいかは、自分では判断できない。ところが、こんなことを数カ月続けたら、いろいろなストレスも重なって、私は二〇一五年の四月にはすっかり参ってしまった。

宅配サービスのお味は？

公的介護保険制度の導入に向けて地域包括支援センターに相談するようになって、様々な老人向け食事宅配サービスが存在することを知った。どこも老人向けの「健康な食事」をうたい文句にしている。一食のおかずセットが消費税別で六百円ほど。御飯も付くと若干高くなる。これは使わない手はない。だが、味にうるさい母が受け入れてくれるかどうかが心配だ。そこで、自宅が配送地域に入っているすべての業者をリストアップし、それぞれ二日ずつ昼、夜との二食を母と一緒に試食してみた。

結論は……全敗である。まったく駄目だった。

宅配サービスを、母は「こんなもの、私食べられない」と言ってまったく受け入れなかった。事業者によっていくらかは違いがあるかと思った味も、どこも似たようなものだった。自分なりの印象を素直に書けば、市役所とか図書館とかの公営施設に付属する食堂のような味がする。

なぜ、どこも同じような味なのか推測してみよう。一食六百円ということは、食材の原価は二百円以下だろう。これにセントラルキッチンでの調理コストや宅配コストを乗せて、なおかつ利益を出そうとするとかなり厳しいビジネスだ。どこで原価を下げるかといえば、おそらく調味料だ。塩、醤油（しょうゆ）、味噌（みそ）、ソース、酢、味醂（みりん）、料理酒などでコストを下げて、ビジネスを成立させているのではないだろうか。そして、料理の味を決めるのはかなりのところ調味料である。自分が料理が下手だからこそ自信を持って言えるのだが、多少素材や調理に問題があっても良い調味料を使っているとリカバリーが利く。料理が下手ならば、むしろ調味料はこだわって良い品を使うべきだ。

とはいえ、「調味料にコストをかけて味を良くせよ」というのも、おそらく現実的ではない。昼夜で一日千二百円として、ひとりひと月三万六千円。年金生活の老人にこれ以上を支出させるのは酷というものだろう。実は低コスト調味料を使っても、おいしく感じさせる方法はある。味を濃くするのだ。低価格の食堂やジャンクフードは大体このやり方をしている。が、老人向けに「ヘルシー」をうたい文句にした宅配サービスが、味を濃くするわけにはいかないだろう。

母が「嫌だ」と言う以上、老人向け食事宅配サービスは利用できないと、私は結論せざるを得なかった。結局、母が受け入れたのは、地元の老舗仕出し弁当屋による一食千二百円の仕出し夕食膳だけだった。二〇一四年十二月の種子島取材の際に利用した宅配サービスである。とはいえ、これだけでもかなりありがたいことで、私が夜にかけて外出しなくてはならない時は、この夕食膳宅配サービスをずいぶんと利用させてもらった。

二〇一五年七月からは、昼にヘルパーさんが入って食事を作ってくれるようになったので、大分楽になった。厳密にはヘルパーの職務は、要介護者の食事作りであって、家族である私の食事は職務外となる。が、同じ鍋で作ったものを置いておけば、私と母のどちらが食べたかは分からないわけで、私も自宅で仕事をしている時は、母と一緒に昼食のお相伴にあずかることとなった。

規則違反と責めないでほしい。厳密過ぎて非現実的になった規則を、現場の柔軟な運用で切り抜けている事例、と見てもらいたい。同じ家に住んでいる私と母が、ヘルパーさんの作る食事に限って別々に食べることになれば、そのほうが家族関係をおかしくする。コンプライアンス厳守を徹底し過ぎると、社会をうまく回すことができなくなるのだ。

ヘルパーさんはそれぞれ作る料理の味に特徴があった。Kさんは薄味、Wさんはそつなくどんな材料もおいしくまとめる、Sさんはやや濃い味というように。母は濃い味文化圏の出身なので、特にKさんの薄味には抵抗があったようだ。しかし、まずいわけではなく、むしろおいしい上に、作った人の顔が見えているると文句も言いにくいようで、きちんと食べてくれた。朝食と夕食、そして日曜日の食事は、私が作り続けた。日曜日の昼食はインスタントと決めて、冷凍食品の麺類を出すようにして積極的に手を抜いた。

思い出の餃子が教えた、母の衰え

時々は、特別な食事も作った。父が満州育ちだったので、我が家には父方の祖母が大陸で覚えてきたという餃子（ギョーザ）のレシピが伝わっている。キャベツを入れず、野菜は白菜とニラのみ。ニンニクとショウガをたっぷり使う、というものだ。

季節の変わり目や、弟や妹が来た時など、なにかにつけてこの餃子を作った。餡（あん）は私が作るが、包む作業は母と共同だ。指先を使うので、アルツハイマー病の進行度合を計ることもできるだろう、という考えだった。

悲しいかな、餃子の包み具合で病気の進行を計るという目論見（もくろみ）は的中した。最初はてきぱきと餃子を包んでいた母だったが、二〇一六年に入るとテンポ良く包むことができなくなり、二〇一六年の晩秋に餃子を作った時は「もうできない。あんた全部やってちょうだい」と作業を放棄したのだった。

第十四章

態勢が整ったと思うや、病状が進行……

脱臼騒ぎの結果、母の生活は大きく変化した。居室は二階の自室から一階の応接間に移った。応接間に設置した介護用ベッドで寝起きする。一週間単位のスケジュールは以下のようなものになった。まず月曜日はデイサービスに通う。朝の九時から夕方の五時までは、出かけてくれるので、私はやっと自分の時間を取り戻すことができた。火曜日から木曜日、そして土曜日は、昼にヘルパーさんが入って、食事を作り、同時に身の回りの世話をしてくれる。私は昼食作りから解放されたわけだ。金曜日は午前中半日を、リハビリテーション主体のデイサービスに通う。日曜日は、従来通り、私が全部の世話をする。

欠かせないのは、老犬を連れての毎日の散歩だ。四月に散歩途中で転び、上前歯のブリッジを吹っ飛ばして以来、散歩には私が付き添うようになった。月曜日と金曜日は帰宅後、火曜日から木曜日、そして土日は朝食後すぐ、「散歩に行きましょう」と誘って、犬と共に母を外に連れ出す。犬の引き綱は母に持たせ、私は犬の糞を回収する袋を持って付き従い、一㎞ほどを四十〜五十分ばかりかけて歩く。体力を維持するという意味もあったし、何より母にとって犬の散歩は長年の習慣なのでなるべく途切れさせたくはなかった。

このスケジュールが定着したことで、やっと母の介護が軌道に乗ったと言っていい。それまでのなにもかもを私が引き受けていた時とは、段違いで楽になり、外出しての取材のような、それまでは不可能だった仕事もできるようになった。夕食も、仕出しの夕食膳を取れば、夜遅くまで外出することができる。

短期間の宿泊サービスである、ショートステイの利用も始めた。例によって母は最初は利用を拒否したが、今や私一人ではなく、送り出しを担当するヘルパーさんが付いている。ベテランのKさん、Wさんの手をわずらわせ、徐々に母は数日のショートステイに行ってくれるようになった。これでやっと私は、数日の出張をこなせるようになった。八月に入ると、デイサービスの定員に空きが出たので、水曜日も九時五時でデイサービスに通うようになった。ありがたい限りである。

このままの日々が続けば良かった、のだが……認知症介護の恐ろしいところは、通常の老化と認知症の症状とが手を取り合って進行するところにある。「これで良し」と整えた介護態勢は、組んでから数カ月程度でほころびが見え始め、次のより手厚い陣容に組み直さなくてはいけなくなるのであった。

失禁、異常食欲、排泄の失敗

二〇一五年の夏を乗り切った十月ぐらいから、七月に組んだシフトのほころびが始まった。最初のほころびは、失禁する尿の量が増えたことだった。

尿漏れパッドでは追いつかなくなり、リハビリパンツを常時着用しなくてはならなくなった。前々章で書いた通りである。これは、ヘルパーさんたちの助けを借りて乗り切ったのだが……。

次に起きたのが、過食である。つまり異常な食欲だ。ある日の夕方、帰宅すると、台所が信じられないほどとっちらかっていた。買い置きしていた冷凍食品の封が切られ、そこここに放置されて溶けかけている。ガスコンロには水を張ったフライパンが載せてあり、冷凍餃子が放り込まれていた。年初に料理ができなくなった時点で、用心のために常時ガスの元栓は閉め、トースターなども電源を抜いておくようにしていたので、火事などの大事には至らなかった。かっとなって、母を詰問する。

「一体何がしたいんですか、こんなことをして」

すると母は、「だって、お腹が空いてお腹が空いてたまらないのに、あんたがいないから、私が作るしかないでしょ」と言う。この時は、「すぐに私が作りますから」で済んだ。が、これが何度も繰り返される。となると、これは「来たか！」と思うしかない。というのも、ヘルパーさんたちから「いずれ過食が出るかもしれませんから日頃から注意しておいてください」と言われていたからだ。

アルツハイマー病の過食は、脳細胞の萎縮が満腹中枢まで影響することで起きるのだという。満腹感が感じにくくなる上に「食べた」という記憶が残らなくなっているために、いくらでも食べてしまうのだ。食事の時間以外に台所にやってきて、なにか食事を作ろうとするが、調理の能力は失われている。結果、冷蔵庫を漁り、台所を引っかき回すことになる。パンや炊いてあった御飯など、そのまま食べられるものをがつがつ食べてしまうこともあるという。際限なく食べてしまうので、放置すると体調を崩すし、排便のリズムが乱れるので、トイレを汚す原因になったりもする。

古典的ギャグ「お爺ちゃん、もう御飯は食べたでしょ」の元ネタだが、実態はそんな悠長でも笑えるものでもない。炊飯器のおひつを抱え込んで、しゃもじでむしゃむしゃ際限なく食べる様子は、まるで仏教絵に描かれる餓鬼そのもので悲しくなるものでした――などという体験談をヘルパーさんたちから聞いて、「そんなことになったら大変だ」

と構えていたのだが、ついに症状が出てしまった。幸いなことに母の場合、毎日いつも過食が出るということはなく、時折そういうことが起きるという程度だったが、それでも台所の管理には細心の注意が必要になった。

すでにルーティン化してはいるが、調理が終わったら、ガスの元栓は必ず閉めたことを念入りに確認する。トースターは使ったらコンセントを抜いて、高い戸棚の中にしまう。炊いた御飯は、炊飯器のジャー機能に頼らずに、すぐに小分けにしてラップで包み、冷凍する。パンも常温の戸棚に置かず、中が見えない不透明のポリ袋に入れて、冷蔵庫の冷凍室に保管するようにした。ここまで注意して、むやみに食べることができないような環境を作っても、冷凍しておいた食品を取り出しては調理を試み、諦めてその辺に放置するということは度々起きた。冷蔵庫に取り付ける鍵があると知り、通販で購入してみたが、我が家の冷蔵庫には付けられなかった。

排便に失敗してトイレを汚すということも、しばしば起きるようになった。多くは、便座やトイレの床に便が付着するという程度で、すぐに拭き掃除で対応できるレベルではあったが、時にはべっとりトイレマットに便が付着しているというようなこともあった。こうなると、マットを流水にさらして便を流してから、塩素系漂白剤に浸け込んだ上で洗濯機にかけて洗わねばならない。けっこうな手間だし、対処する私の精神的ダメージも大きい。また、ここまでの便漏れになると、着衣を点検して汚していたら着替えさせねばならない。

一度は、気がつくとトイレが詰まって、便の混じった水が溢れているということもあった。尿漏れパッドを便器に流して詰まらせてしまったのである。自分で詰まりを直そうとしたのか、母はトイレットペーパー、さらには何を考えたのか水には溶けないティッシュペーパーまでを便器に突っ込んだので、詰まりはちょっとやそっとでは解消できないほどひどくなってしまっていた。

この時は、まずホームセンターに走ってラバーカップを購入し、それから便混じりの水に手を突っ込んで、母が詰め込んだティッシュやらなんやらを引っ張り出し、最後にラバーカップを使って詰まりを解消した。いやもう、頭がくらくらした。なんでこんなことを自分がしなくてはいけないのか。こんな仕打ちを母から受けるほど、自分はなにか悪いことをしたのか。母に向かって何を言っても、なんともならない。怒っても無意味だ。それでも、自分の内側に行き場のない怒りと徒労感が鬱積していくのが分かった。

主治医変更で、要介護3に

十一月に入り、私はケアマネージャーのTさんに「介護認定を要介護1から2に上げることはできないか」と相談した。公的介護保険では、認定の段階によって毎月使える点数が変わる。要介護1よりも2、2よりも3と、症状が重く認定の段階が高くなるほど使える点数が増え、様々な介護サービスをより高頻度で利用できるようになる。アルツハイマー病の症状の進行で、崩れかけている介護態勢を、より多くのサービスを導入することで立て直そうと思ったのである。

介護認定の見直しは通常は年に一回だ。が、年度の途中で症状が重くなったという場合には、利用者の側から見直しの申し立てを行うことができる。手続きそのものは、利用開始時と同じだ。主治医の意見書を添付して申請書を提出すると、市役所からの聞き取り調査があり、月に一回の介護判定会議で、見直すかどうかが決まる。「通るかどうかは別として、そういうことならばまずはやってみましょう」とTさんは言い、私は十一月に介護認定の見直しを申請した。十二月に出た判定は「要介護1に据え置き」だった。私はがっくりした。が、ここでTさんは思ってもいなかったことを提案した。

「主治医の先生を代えませんか」

と言うのだ。なぜか。

「厳正に審査を行うように制度は作ってあるんですが、実際問題として要介護度の判定は、いろいろな要素に左右されてしまうんですよ。中でも主治医の先生が出す意見書は、かなりの影響力があります。お母様の状態を考えると、ここで思い切って主治医の先生を代えて、もう一度見直しを申請すれば、あるいは通るかもしれません。申請自体は何度もできますから大丈夫です」

これはやってみる価値があるかもだ、と私は考えた。というのも、二月からかかっている総合病院のA医師はこの時期、総合病院の院長も兼務していて、非常に多忙なのが診察を受けていても見て取ることができたからだ。意見書は封をした封筒に入って渡されるので、患者側が読むことはできない。が、あの多忙ぶりからすると、あまりきちんと母の状態が記入されていないのかもしれない。十カ月以上、毎月一回の診察を横で見ていて、（A医師の）アルツハイマー病の診察とは、「患者の状態を調べて投薬量を加減する」ということだと分かっていた。母の場合は副作用が出なかったので、診察は医師との対話による精神状態の把握が主で、投薬量の調整もまったくなかった。特に総合病院しか保有していない医療設備が必要な治療というわけではない。総合病院に通う意味があるとすれば、新薬の臨床試験に参加できる可能性があるということだが、すでに母はそのチャンスを逃してしまっていた。ならば、総合病院よりも通いやすい近所の医院で診察を受けても構わないのではないか。

「最寄り駅近くで開業しているH先生のところはどうでしょうか。お家から近くて通いやすいですし、H先生は親身になって診察してくれる方ですよ」とTさんは言う。日頃の仕事を通じてケアマネージャーのところには、どこにどんな医師がいて、どんな性格で、どのような医療活動を行っているかという情報が集まっている。となれば、ここはTさんのアドバイスに従うべきであろう。主治医を代える時は、元の主治医に引き継ぎ事項の書類を書いてもらい、新たな主治医に提出する。

こうして二〇一五年十二月から、母は主治医を代えることとなった。H医師は、温厚で丸顔の気さくな人で、最初の診察で開口一番「A先生かー。確かに名医なんですが、今あの方はものすごく忙しいでしょうねえ」と言った。A医師からの引き継ぎ書類を読んで、「ああ……、やっぱりあまり細かいことは書けていませんね。忙しいんだろうなあ」と続ける。とすると、ケアマネTさんの言う通り、A医師の意見書が、要介護1に留め置きとなった原因なのかもしれない――私は希望を持った。新たな病院に連れてこられた母の警戒心を、巧みな話術で解きほぐし、長谷川式認知症スケールで、母の状態を確認すると、H医師は「大体のお母さまの状態は理解できました。私が意見書を書きましょう」と言った。私としては、頭を下げて「お願いします」と言うほかはなかった。

H医師の意見書を添付し、再度見直しの申請を行う。結果は一月半ばに出た。「要介護3」。「要介護2」ではなく、一足飛びに「3」となったのは、排泄に支障を来していたからだろう。要介護2と要介護3の差は、排泄を含む日常的な生活の動作が「部分的に介護が必要（要介護2）」か「ほぼ全面的な介護が必要（要介護3）」かである。ともあれありがたい。これで、またなんとか立て直すことができる。

この時、同時に私は自宅の改装も考えていた。二階の自室から一階の応接間に母を降ろしたことで、この古い家が老人を介護するのにはまったく不向きであることが見えてきていたのである。

第十五章
介護のための家の改装、どこまでやるべき？

母と私の住む家は、一九七五年に亡父が建てたものだ。築四十年超。

建築基準法は一九八一年に大改正されて、それ以降の新築の建造物は厳しい耐震基準をクリアしなくてはならなくなった。我が家はそれ以前の〝古い〟建物である。とはいえ、建物自体はかなりしっかりとしている。建築の頃は盛んに、「第二次関東大震災が来る」と言われていたこともあって、父が建築を任せた地元の工務店にうるさいぐらいに「がっちり作れ」と要求し、毎週のように工事現場を見回ったからだ。だが、肩脱臼をきっかけに母の生活の拠点を、二階の自室から一階の応接間に降ろした夏を過ごす中で、認知症の老人が築四十年の古い家で生活することの問題点が見えてきた。

最初に発覚した問題は、断熱性が低いということだった。介護用ベッドを置いた応接間は、夏は暑く、冬は寒い。夏はエアコンを利かせていても汗をかきそうだし、冬になると、床からじんわりと寒気が上がってくる。応接間に部屋専用のエアコンはなく、隣のリビングルームに設置してあるものを二部屋兼用で使う。もともと応接間は使っていなかったので、エアコンを設置しなかったのだ。母はエアコン嫌いで、あまり冷房を利かさないほうだったので、二部屋をひとつのエアコンで空調して事足りると思ったが、やはり夏の昼ともなると、応接間がじわじわと暑くなる。

理由ははっきりしていた。かつて父が応接間を書斎として使い出した時、掘りごたつを作り込んだのである。いつも父はその掘りごたつの周囲に山ほど資料を積み上げて、原稿の執筆をしていた（私の父は新聞記者から、農業経済の研究者へと転身した経歴の持ち主であった）。父の死後、掘りごたつは使うことなく、ずっと放置されたままになっていた。掘りごたつは床材に穴をあけてこたつのユニットを取り付けてあるだけだ。床下の地面（建築基準法改正以前の建物なので、基礎は全面コンクリート張りではなく、床下は直接地面である）との間には、こたつユニットの薄い壁面があるだけで、断熱性は皆無といってよい。実は、母が認知症を発症する数年前、家の断熱性を上げる改装を行っており、リビングは断熱施工済みだった。が、応接間は「使っていないから」という理由で、施工していなかったのだ。昼の間、母は主にリビングでテレビを観て過ごす。だから、二〇一五年の夏は、昼はリビングと応接間の間を閉めてエアコンをリビングに集中し、夕方以降に気温が下がってから応接間も冷やす、という運用で乗り切った。

エアコンには専用の電気配線が必要

次の問題は、電気系だった。

私と母が住んでいる地域は海が近く、一九七五年当時は夏であっても十分エアコンなしで涼しく過ごすことができた。このため、家屋がエアコンを取り付けることを考慮した設計になっていない。その後、気候の温暖化に伴って、後付けでエアコンを導入したが、分電盤からエアコンへ独立した電気配線を敷設せず、既設のコンセントからエアコンの電源をとるという状態が続いていた。

分電盤とは、家屋に引き込んだ家庭用電力を、複数の配線に分割する装置だ。各部屋、あるいは一階と二階というように電力を分割して供給する。同時に分電盤は、契約以上の電力を使用した時に落ちるサービスブレーカー、漏電が起きた場合に回路を遮断する漏電ブレーカー、各配線に付属する安全ブレーカーといった機能を持つ安全装置でもある。多くの人は分電盤のことを、単に「電気を使い過ぎたら落ちるブレーカー」と認識しているかもしれない。エアコンは電力を食うので、本来は設置する部屋への配線とは別に、分電盤から直接、エアコン専用の配線を敷設したほうが安全である。かつては、部屋の配線でエアコンに電力を供給することもあったが、現在は家電業界の自主規制で、エアコン設置時には、分電盤からエアコンまで専用の配線を敷設することになっている。

母がいつも一階にいるようになって、リビングのエアコンを使うことが増えた。我が家のリビングのエアコンは、台所と共通の配線につながっていたので、うっかりエアコンと電子レンジを同時に使うと、ブレーカーが落ちるという事態が頻発した。同じ配線で冷蔵庫も動いているのだから当然である。

冬はこれまで、リビングで石油ファンヒーターを使っていた。が、足元が心許(こころもと)なくなりつつある母の居住空間に、もうそんな暖房器具は置けない。うっかり転んで、ファンヒーターをひっくり返したら、最悪火事になるかもしれない。暖房もエアコンだけで行う必要がある。となると、台所の電子レンジやトースター、湯沸かし器などと、エアコンを同時に使えるようにしないと不便だ。分電盤も、二十年前の改装の際に入れ替えたもので、もういい加減古くなっている。最新の分電盤は、ある程度以上大きな地震が来ると自動でブレーカーを落とすといった機能も付いていて、安全性が向上している。電気系を一度全部考え直し、敷設し直したほうがいい。

二〇一五年の晩秋、私は、家を改装することを検討し始めた。

一体、いつまでこの家に住むことになるのか

母の場合、すでにアルツハイマー病を発症し、じわじわと病状が進行している。改装したところで、いつまでこの家で生活できるかは分からない。快適に暮らせるように、しかしコストをかけ過ぎないように必要最小限に留める——この方針で、私はどこをどう改装するかを決めていった。がっちりお金がかけられるならば、やりたいことはいっぱいあった。床のあちこちにある段差をなくして転倒の危険を減らしたかった。家の窓も、全部二重ガラスのサッシと交換して断熱性を向上させたかった。トイレと風呂と脱衣場は、夏はともかく冬は暖房が利くようにしたかった。が、今後どんな急な出費があるか分からないのだから、むやみにお金をかけるわけにはいかない。結局、母が長時間過ごすリビングと応接間を中心に、断熱と電気系統を中心に改装を行うことにした。

応接間は掘りごたつを撤去して、床下に断熱材を入れる。応接間の断熱に関係がありそうな窓はできるだけ二重ガラスのサッシに取り替える。分電盤は最新のものに交換し、エアコンのある部屋には専用の配線を引き込む。特にリビングのエアコンには二百Vの

配線も入れて、将来のエアコンの交換に備える（現在、家庭用エアコンは百Vと二百Vのものがあり、大容量のものは二百V仕様となっている）。台所にも二百Vを引き込んでおく。将来的にガスコンロをＩＨクッキングヒーターに交換できるようにするための布石だ。

リビングの天井も張り替えることにした。化粧板の板張りだったのだが、四十年前の新築時に工務店の手違いで、アスベストを含む耐火化粧板を使ってしまっていたのである。当時父は「アスベストは使うなとあれほど言ったのに」とえらく怒ったのだが、すぐに張り替えるわけにもいかず、そのまま四十年ずるずると来てしまった。樹脂で固めた化粧板なのでアスベスト粉塵（ふんじん）が浮遊するということはないのだが、それでも大地震などが来たら化粧板が割れて粉塵が発生するだろう。そうなる前に思い切って張り替えることにした。アダプターを介さずに化粧板に直でネジ止めしている照明器具も四十年前の新築時に設置したものをそのまま使い続けていて、大分傷んでいたからという理由もあった。

馴染みの工務店に頼み、二〇一六年二月から三月にかけて家の改装を決行した。費用は百三十万円ほど。うち三十万円は、母から年金の口座を預かって以来、努めて倹約した分でまかない、残りは母が持っている定期預金の一部を解約して充てた。定期の解約には母のサインが必要になる。私は「この家をきれいにするので、定期預金を使います」と母に説明した。「そう、きれいにするの」と母は言った。

「過ごしやすくなるかしら」

「なりますよ。そういうふうに改装するよう工務店に頼みましたから」

「そうね、死んで持って行ける金でなし。生きている間に生かして使わないとね」

母はあっさりとサインした。もともと母は、普段は倹約家だが、使うべきところにはがっちりお金を使う、割と気っ風の良いタイプだった。その性格は、アルツハイマー病を患っても変わってはいなかった。

工事期間は三回に分けて、合計二週間ほどだった。工事が入る間、母にはショートステイに行ってもらった。これには、二月の一番寒い時期にショートステイの施設で暖かく過ごしてもらうという意味もあった。リビングの天井をはがすと、家の骨組みが露（あら）わになった。予想していた以上に太い木材を使っており、各所に斜めの筋交いが入っていた。建築当時の父の思い入れの強さがうかがえた。

改装工事の最中に、先に書いた通り、市役所から「要介護３」の認定が出たという通知が届いた。Ｈ医師という新しい主治医に、過ごしやすいように改装した自宅、そして要介護３による新しい介護態勢で、母は二〇一六年を過ごすことになった。

老いに向かって、家の準備は早手回しに

ここまでやっても、古い家はアルツハイマー病の老人が暮らすのに、十分快適な場所とはならなかった。床には段差があるし、トイレと風呂場の保温も不十分で冬は寒くなる。が、とりあえず、母が長時間過ごす応接間とリビングは夏でも冬でも室温を一定に保つことができるようになった。二〇一六年の夏は、特に「電子レンジを使う時はエアコンを停める」とか「昼はリビングと応接間の間を閉めきって、リビングだけ冷やすようにする」というような運用で苦労しなくとも、快適に過ごすことができた。

老後のために自宅を改装しようかという人は、かなりいるのではないだろうか。経験談でも語ってお役に立ちたいところだが、実のところ私に言えることはあまりない。

「長く住むつもりならば、早いところやっておしまいなさい」というくらいである。

長く使うなら、コストをかけて徹底的に改装しても元が取れる。床の段差をなくし、床下や天井裏には断熱材を入れ、サッシを二重ガラスにして断熱性と防音性を向上させ、床暖房を入れて風呂場からトイレまでをいつでも一定温度に保つ、というような改装に

も意味が出てくる。その際、自分が失禁することも想定して、将来的に介護ベッドを置く場所を決めて、その周辺は床を防水仕様にしておくといいだろう。あるいは、今住んでいる家に思い入れがないのなら、老人でも過ごしやすい構造の家に住み替える、という手もある。私の場合は、母が「ここはお父さんの建てた家だから」と、家にこだわっていたので改装に踏み切った。が、古い家にちまちまとつぎはぎを当てるかのような改装を行うぐらいなら、最初から老人の過ごしやすさを考慮して設計された家に移ってしまうほうがいい。

そして、引っ越しには持ち物を減らすという効用もある。

それは、老いや認知症に対する消極的なようで有効な対策だ。

これまで祖父母、そして父、母と老いを観察してきたが、歳を取ると認知症にならなくとも、まず庭仕事がおっくうになり、庭が荒れる。次に掃除が面倒になり、部屋がいつも散らかってほこりだらけになる。庭については、マンションのような庭のない家に引っ越すしかない。

掃除ができなくなって部屋が汚れるという問題は、今やロボット掃除機で対応できる。ただし、ロボット掃除機を便利に使うには、部屋に置く物を減らしておく必要がある。そのためには引っ越しが一番だ。もちろん、自分が老い込んでしまったり、認知症を発症したりする前に、ロボット掃除機の使い方を自分に叩き込んでおく必要はある。ここでも「自分が／親が、老いてしまう前に」「自分が／親が、認知症を発症してしまう前に」できることをやっておくという態度が重要になる。認知症発症の前から、予防的に地域包括支援センターに相談しておくというのと同じだ。

ところで私の、家への投資の費用対効果はどうだったのか。

結果から言うと、母が改装成った家で過ごした期間は十カ月ほどでしかなかった。お金をかけてまで改装しなくても良かったかと思う私に、びしっと事実を要約してみせたのは妹だった。

「とにかくお母さんは、ひと夏を思い入れのある自分の家で快適に過ごせたのでしょ。それはかけがえのないことで、意味があることだったんだよ」

第十六章
病状進行でやたらと怒る母をどうしよう

二〇一五年十二月、主治医を総合病院のA医師から、開業医のH医師へと代えた最初の診断の日、母はH医師へやたらとつっかかる対応をした。

「私、何ともありません。本当はこんなとこ、来なくたっていいのよ」

「何でそんなこと聞くんですか。関係ないでしょう」

長谷川式認知症スケールのテストをしようとすると、「そんなこと必要ないです」と、答えようとしない。H医師の巧みな話術でうまくテストを受けさせることができたが、なぜここまで反抗するのかとちょっと不思議に思った。もともと母には、自分がアルツハイマー病とは認めない、認めたくないという意識はあったが、ここまで医師につっかかる対応をしたのは初めてだったからだ。

最初は、環境の変化に拒否反応を示しているのかと思ったが、実際にはアルツハイマー病の症状のひとつだったようだった。性格が徐々に変化し、怒りやすくなってきたのだ。H医師のところへはほぼ一カ月に一回、通院する。一月、二月と通院のたびに、母はH医師につっかかり、長谷川式認知症スケールのテストを拒むようになった。それだけではなく生活の中でも些細(ささい)なことに怒り、私と口論するようになっていった。

デイサービスに行く日の朝は、ヘルパーさんが来て母の身支度を手伝う。身内の私ではなく、他人のヘルパーさんが「行きましょう」とうながすと、すっと行ってくれるからだが、一月以降、「行きたくない」となかなか腰を上げようとしないことが増えていった。

二〇一六年三月、要介護3の認定が出てから最初の通院の時、私はこのことをH医師に相談した。「うーん」とH医師はしばらく考えていたが、「薬を増やしましょうか」と提案してきた。

「メマリーという薬があります。ある程度以上症状が進行したアルツハイマー病患者に効果的な薬です。現在服用してもらっているアリセプトと同時に服用することができて、なおかつ鎮静効果もあります。怒りっぽくなっているのは改善される可能性がありますよ」

正直なところを言えば、鎮静効果という言葉に違和感を感じた。意識がはっきりしなくなり、昼間からぼおっとなってしまうのでは困ってしまう。また、「症状が進行したアルツハイマー病患者に効果的」という言葉も少々ショックだった。母のアルツハイマー病は、そこまで進行してしまったのか。認めたくない、アルツハイマー病が悪化しているなんて認めたくない。が、投薬開始のタイミングを逸して母の生活の質を落としてしまうわけにもいかない。こうして、母はアリセプトに加えて、メマリーも同時服用することになった。

メマリー（商品名）は第一三共株式会社が二〇一一年六月に発売した、比較的新しいアルツハイマー病の対症療法の薬だ。メマンチン塩酸塩という薬効成分を含む。メマンチン塩酸塩は脳内のグルタミン酸の影響を下げる薬効を持つ。アルツハイマー病は中程度以上に進行した場合、脳内のグルタミン酸濃度が上昇する。グルタミン酸は興奮を引き起こす神経伝達物質だ。つまり脳内のグルタミン酸濃度が上がると神経細胞が無用に興奮してしまうのだ。興奮した神経細胞内では余計な電気信号が発生し、本来の人間の精神活動の電気信号を妨害してしまう。メマンチン塩酸塩は神経細胞にグルタミン酸が作用するのを妨害する。すると神経細胞が異常に興奮しなくなって正常に機能するので、記憶障害が軽減するわけである。同時に怒りっぽくなる、徘徊（はいかい）するといった症状も軽減されることが分かっている。

母に限って言えば、薬効はあった

患者から見たメマリーの大きな特徴は、アリセプトと同時服用が可能ということだ。

アリセプトの薬効成分のドネペジル塩酸塩は、脳内の神経伝達物質のアセチルコリンの分解を遅らせて、脳内のアセチルコリンの量を増加させる。アルツハイマー病では、脳内のアセチルコリンの量が減少する傾向があるので、分解を遅らせることで量を維持するわけだ。対してメマンチン塩酸塩は、多過ぎるグルタミン酸の作用を抑制する。作用する機序も相手の神経伝達物質の種類も違うので、同時に服用できるのである。中程度以上に進行したアルツハイマー病では、アリセプトとメマリーの同時服用が、ひとつの投薬パターンとなっているようだ。脳に作用する薬二種類の同時服用ということで、副作用が出ないかどうかが心配だったのだが、母の場合に限って言えば、メマリーは効いた。服用が始まるとすぐに、怒りっぽくなっていたのが改善されたのである。心配した副作用も出なかった。

二〇一六年二月に、要介護3の認定を受けて、公的介護保険の一カ月に使える点数が増えた。さあこれで利用サービスをすぐに増やすことができる、かといえばそうではなかった。老人介護関連はどこも慢性的に人手不足、施設の容量不足なのだ。すぐに考えたのは、月曜日と水曜日に通っている全日デイサービスをもう一日増やすことはできないかということだったのだが、通っている施設は定員いっぱいで、すぐにサービス開始とはいかなかった。二月と三月は、家の改装に伴うショートステイ、つまり外泊があったので、ほどよく点数を使うことができた。もっとも、母がショートステイに行くと、その間デイサービスはお休みになるので、公的介護保険の点数をそんなに消費するというわけではない。また、全点数を律儀に使い切らねばならないということもない。

結局、デイサービスの施設の定員に空きができたのは四月に入ってからだった。火曜日の定員に空きが出たので、母は月曜日から水曜日まで週三日、全日デイサービスに通うことになった。月曜日から水曜日までは午前九時から午後五時までのデイサービス、金曜日は午前中半日のリハビリテーション型のデイサービス、それぞれ朝はヘルパーさんの送り出しが付く。木曜日と土曜日はヘルパーさんが来て母に昼食を作ってくれる。

一見、かなり楽になったかに見える。が、その一方で前々章で書いたように、過食が出たり、排泄の失敗が増えたりしているので、私としては負担が劇的に減ったとは感じなかった。「何とか介護を続けていける程度にはなった」という感触だった。

そんな中、ふたつの健康問題が発生した。

まず虫歯だ。

二〇一五年四月に転倒して上前歯のブリッジを飛ばして歯を治療したが、一年経つので治療部位のチェックと検診を兼ねて歯科医院に連れて行ったところ、奥歯に大きな虫歯が発見された。あまりに虫歯がひどく、歯周病も進行していたので、結局その歯は抜かねばならなかった。「歯にかなり歯垢が付いています。歯磨きが不十分ですね」と、歯科医からは言われた。歯磨きをする母を観察してみたところ、ささっと磨いて短時間でおしまいにしていた。どうも、歯を磨くことがおっくうになっているらしい。日本歯科医師会は、「八十歳になっても自分の歯を二十本以上維持しよう」という８０２０運動というキャンペーンを展開している。母は、この基準をクリアしているが、願わくば人生の最後まで自分の歯で楽しく食事をしてもらいたい。

歯を失う一番大きな理由は虫歯、そして歯周病だ。ともに口内の細菌が作り出す歯垢（プラーク）によって発症し、悪化する。入念な歯磨きでプラークを毎日除去することが、歯の健康を保つ第一歩となる。とはいえ、子供にするように、母に口を開けさせ、私が磨くというわけにもいかない。ヘルパーさんたちとも話し合い、歯磨きの時に、毎回ひと言「手を抜かずにきちんと磨きましょう」と声をかけるようにした。この声かけが効いたのかどうかは分からないが、とりあえずその後の虫歯の発生は防ぐことができた。

濃い味文化圏と血圧管理の軋轢

もう一つは血圧だった。デイサービスでは、毎回血圧を測定してくれるのだが、それがやや高めに推移するようになったのだ。デイサービスのほうからは「主治医に相談してください」と言われた。H医師に相談すると、まずは「昔から高血圧の持病があるというわけではないんですよね」と確認された。

「そうです。若い時はむしろ低血圧気味でした」

「ウチに来た時に計ってもらっている血圧も、まあ高めだけれど、高い時と低い時があるね」

　とH医師はカルテを確認する。

「こういう、特にどこが悪いというわけではない場合は、基本は経過観察だねえ。できることがあるとしたら食事の塩分を控えること。塩分を控えるのは、健康を保つ基本です」

　さあ困った。というのも、母は濃い味文化圏の出身者で、塩分の利いた食事に慣れていたからだった。思い出せば、子供の頃から母の作る料理の味付けは濃かった。ニンニク風味を利かせ、がっちりと油と醤油を使った焼きめしは、私たちきょうだいにとって「おふくろの味」である。食事宅配サービスを受け付けなかった原因の一つは、健康に配慮した薄い味付けへの拒否感だった可能性もある。私が、薄味の食事を作ると、案の定母は「なに、この味がない御飯は」と文句を言った。せっかく塩分を減らした料理に、どばどばと醤油をかける。これはいけない、と醤油を減塩醤油に変えた。すると、醤油もまずいと言って、今までの倍の醤油をかけるようになった。元の木阿弥（もくあみ）

である。

塩を控えるためには酢やコショウなどの他の調味料を多めに使って、塩分以外の刺激でおいしく食べられるようにするのがコツなのだそうだが、なかなか自分の料理の技術ではそこまで対応できない。結局、私が面倒がってしまったことから、食事の減塩はうやむやになってしまった。残りの人生の質を考えると、多少は寿命が縮まったとしても自分の好みの味付けの食事を食べたほうがよかろう——というのは、単なる言い訳かもしれないが。後には、減塩醤油と、減塩塩（というのも、変な製品だが、塩化カリウムを加えてナトリウムの含有量を減らした塩）が残ったが、これらは使い続けた。「気は心」というわけである。ちなみに、母の血圧はその後も上がったり下がったりで、特に高血圧に振れることはなかった。

以下は余談。そんな濃い味志向の母に育てられた私は、実は薄味でも全然苦にならない。というのも小学生の時に軽い腎盂炎（じんうえん）を患って一年にわたって減塩生活を強いられたことがあり、舌が塩を使わない薄味料理に慣れてしまったからだ。私は将来、老人向けの薄味の食事を食べることになっても、味が薄いと文句を言うことはないだろう。

思い起こせば、あの時母は、自分の嗜好(しこう)を押さえ込んで、病気の私のために薄味の料理を作り続けてくれたわけだ。今となると、感謝のほかはない。

第十七章 介護態勢また崩壊、預金残高の減少が止まらない

要介護3の判定が出たあたりから、私は漠然と「将来的に母をどこかの施設に預ける必要がある」と考えるようになった。

アルツハイマー病は治らない病気で、症状は進行する一方だ。そこに通常の老化も加わる。断熱もままならない築四十年の古い家で、専門家ではない自分が母の介護をするにしても限界がある。それがいつになるのかは分からないが、将来、母は家を去ることになる。短期間の帰宅はあるかもしれないが、一度去ればもう戻ってくることはない。どこに預けるか、いくらかかるのかなど、その日のために準備しておかねばならないことは、それこそ山のようにある。

私は基本的に、母の介護は何事もケアマネージャーのTさんに相談するようにしていた。自分だけで考え込むよりも、知識を持ち経験を積んだプロに相談し、アドバイスをもらったほうがより的確に行動することができる。Tさんの答えは、「そうですね。ぼ

ちぼちといろいろな施設の見学に行ったらどうでしょうか。施設と一口にいっても種類は様々ですし、個々の施設もそれぞれ個性がありますから」というものだった。

「手始めというわけではないのですが、小規模多機能型居宅介護というサービスをしている施設を一緒に見学しませんか。自分が勉強のために見学を申し込もうとしていた施設なんですが、実は、松浦さんのお家（うち）のすぐ近くにあるんですよ」

　母は、派遣会社から来ているヘルパーさんに世話され、デイサービスの施設に通い、時折ショートステイの施設に泊まりに行くという生活をしている。これらの事業主体は全部異なる。それぞれ我々きょうだいが見学して、母に合うところをと思って選択した。それに対して小規模多機能型居宅介護というのは、地域の少人数向けに、これらのサービスを一括して提供するというサービス形態だ。つまり、「このサービスはあっち、別のサービスはこっち」と別々に選ばなくとも、一括してひとつの事業所からサービスを受けることができる。介護される側からすると、「いつもの人」から気兼ねなく多様なサービスを受けることができるという利点がある。

「ただし、小規模多機能型の場合は、ケアマネージャーも、その施設の者が担当することになります。ですから松浦さんが利用するとなると、ケアマネの僕も交代ということになりますね」

　というわけでTさんと一緒に、小規模多機能型居宅介護の施設を見学に行った。施設は本当に家のすぐ近くで、ちょっと大きな平屋住宅程度の施設だった。我が家のある地域のお年寄り九人の介護を担当しているという。地域に密着して、その地域に住む老人の介護を少人数で機動的に行うという施設のコンセプトは、悪くないと思った。が、しかし……。気になったのは、入り口に貼ってあった職員の求人ポスターだった。かなり色あせており、長期間掲示してあるらしい。直接尋ねるわけにもいかないと思い、施設長に遠回しに質問する。

「今、この施設では何人の方が働いておられるのでしょうか」

「まず、ケアマネ兼任の施設長の自分ですね。それに常勤の看護師が一人。それからヘルパーが今は四人です」

帰り道、Tさんに話す。

「確かに良い施設なんですが、職員数が心配ですね。あの人数だと、一人が辞めただけでサービス提供に支障を来すんじゃないでしょうか。あそこまで小さくて、かつ全方向にサービスを提供する施設は、人繰りがつかなくなると途端に回していけなくなる危険性があると思います」

「ああ、そう考えますか。確かにそうかもしれませんね。松浦さんの場合、ここまで介護の態勢をがんばって組み上げているので、移るメリットは小さいかもしれません」

が、よくよく考えてみると、私が偉そうに小規模多機能型居宅介護サービスの問題点を指摘できた義理ではないのであった。なにしろ我が家は老人一名に、常勤介護スタッフ一名の最小の介護施設と言えないこともない。スタッフの一名、つまり私が介護不可能になったら、それだけで崩壊するのである。

「自分の母を介護します」と、Kさんが退職

そうこうしているうちに、ショックな出来事が起きた。ここまで一年以上にわたってヘルパーを務めてくれたKさんが、二〇一六年七月末でヘルパーを退職することになったのだ。Kさんのお母さんの認知症が進行してきたので、実家に戻って本格的に介護するとのこと。「これまで、仕事としてずいぶんとお年寄りの介護をしてきましたが、今度は自分の母親を介護する番なんですよ」と言う。

Kさんは、主力となってくれた三人のヘルパーさんの中では、一番の話好きだった。よく母に話しかけ、母もKさんとの会話を楽しんでいた。明るく屈託のない人で、Kさんが来てくれたおかげで、私はずいぶんと助けられた。

Kさんは、若い時に、テレビアニメーション制作の現場で働いていた。その頃の思い出話も面白かった。テレビアニメ史上に残る傑作「アルプスの少女ハイジ」（一九七四

年）では、作品制作の指揮を執る高畑勲氏を間近で見ていたという。「太陽の王子ホルスの大冒険」（一九六八年）、「火垂るの墓」（一九八八年）、「かぐや姫の物語」（二〇一三年）などの、あの高畑勲監督である。

「何が恐ろしいって、ハイジを作っていた頃一番怖かったのは、高畑さんがぼそっと言う『これ、全部作り直そう』というリテイクの一言でした。もうスタッフ全員が戦々恐々としていましたよ。〝高畑さんっ、やめてっ。その一言だけは言わないで！〟って」

最後のヘルパー勤務の日、Kさんには花束を贈呈して労をねぎらった。

連絡先を交換しておいたところ、数カ月後にメールが届いた。

「自分の母の介護は今までと勝手が違って苦労しています」ということだった。

Kさんほどの経験豊富なベテランのヘルパーであっても、肉親の介護となると苦労するのだ。家族が主体となって老人の介護を行うことの難しさを、私は改めて実感した。

トラブル続出、全面崩壊へ

Kさんがいなくなった穴は、なかなか埋まらなかった。何人かのヘルパーさんが交代で入ってくれるようになったが、いきなり知らない人が何人も家に入ることに、まず、母は拒否反応を示した。「あなた誰。どうしてここにいるの」から始まって、「あなたの作る御飯はまずい。こんなもの食べられない」まで——ヘルパーさんに怒りを向け、まるでメマリーを服用し始める三月以前に戻ったかのようだった。

その時点でできる限りの態勢を組み、「これで大丈夫」と思っても、認知症と老化の両方が進行していくので、いずれは破綻する。また次を組まなくてはいけない。母の場合、二〇一五年の春に組んだ要介護1の介護態勢は二〇一五年秋頃からほころび始めた。それに対応すべく要介護3の認定を得て二〇一六年三月に組んだ態勢は、同年八月頃から行き詰まり始めた。八月、九月と、母の状態は悪くなっていったのである。アルツハイマー病もさることながら、老化に伴う身体機能の低下が顕著だった。

八月の初め、朝起きると母は左腕に大きな擦り傷を作っていた。もちろん何が起きたか、母は覚えていない。応接間の土壁を見ると、ちょうど母の肩の高さから弧状のこすり跡がついている。それで夜中にトイレに起きた時に転倒したと理解した。右脇腹が痛いと言い、痛みはなかなか取れなかった。整形外科に連れて行こうとしても、「医者は嫌。絶対嫌」と突っぱねる。

それでも痛みが続くので、引っ立てるようにして連れて行くと、今度は肋骨（ろっこつ）を一本、骨折していた。肋骨の骨折は痛みをこらえて、骨がくっつくのを待つしかない。整形外科では、母のアルツハイマー病の進行を実感することになった。一年前に肩脱臼で受診した時と比べると、明らかに医師との会話がちぐはぐになっていた。衰えを感じたことを挙げていけばきりがない。

足が弱り、歩くのが遅くなった。

一度座り込むと、なかなか立ち上がろうとしない。

夏は暑いので、老犬を連れての散歩は、早朝、または夕方にしていたが、かつてはさっさと歩いていた道を、時々立ち止まっては壁に寄りかかり息を整えないと歩き通せなくなってきた。危険なので、それまで母が持っていた犬の引き綱を、私が持つようになった。毎週一回、金曜日のリハビリのデイサービスには相変わらず通っていたが、半日のトレーニングでは母の体力低下を押しとどめることはできないようだった。

失禁の量が増えて、朝起きると介護ベッドのシーツを汚していることが増えた。吸水量三百ccのリハビリパンツを使っていたのだが、それでは足りなくなり、寝る前には六百ccのリハビリパンツをはかせることにした。例によって「こんなにもこもこで感触の悪いもの、はきたくない」と主張する。ヘルパーさんたちと協力して、はいてもらうように持って行くのに大変苦労した。

失禁は家にいる時だけではなく、デイサービスに行っている最中にも起きるようになった。リハビリパンツの吸水量を超えて尿が漏れてしまうのだ。このため、デイサービスに行く時に替えのズボンを持たせることになった。汚したズボンはビニール袋に入って戻ってくる。母が帰ってくると、まず汚れたズボンを洗濯するのが日課となった。

八月の半ば、デイサービスからの帰宅後、母の荷物に入っていた失禁で汚れたズボンを洗おうとしてトラブルが発生した。ズボンの中に、使用済みのリハビリパンツが入ったままになっているのに気がつかず、そのまま洗濯機に放り込んで洗ってしまったのだ。リハビリパンツの尿を吸った吸水ポリマーが洗濯槽の中に飛び散り、ズボン、そして一緒に洗った洗濯物に付着し、大変なことになった。一度全部洗濯物を出して、洗濯槽を可能な限り掃除する。床一面に新聞紙を敷き詰めたのち、洗濯物を空中で叩いて吸水ポリマーの粒を落とす。

ズボンの中にリハビリパンツが残っていたのは、明らかにデイサービス側のミスだ。だが、これは責められないぞ、と思った。玄関に求人ポスターが貼られたままの小規模多機能型居宅介護施設、なかなかKさんの代わりの人が定着しないヘルパーさん、そしてこのデイサービス側のミス——おそらくだが、全部人手不足が原因だ。

現行の公的介護保険のサービスは、人手不足で維持できるかどうか難しくなっているらしい。が、たとえそうであったとしても、私は抜本的な制度改革を行う立場にはないし、その知恵もない。自分にできること、やらねばならないことは、母の介護だ。状況がどうであろうと、母を介護し、母の人生をサポートし、きれいに全うさせねばならない。人生が映像作品なら、納期が許す限りにおいてリテイクできる。が、現実は待ったなし。今、この瞬間にうまくできるか失敗するかだけなのだ。

「死ねばいいのに」が止まらない

介護に割けるリソースは無限ではない。母の失禁の始末と汚れた衣類の洗濯、歩くのを嫌がる母をせっついての散歩、各種の通院の付き添い——やらねばならないことは増えていき、私にかかるストレスは、再度深刻になっていった。

それに輪を掛けたのが、収入の減少だった。

今、自分の預金口座の残高の推移を振り返ると、二〇一六年後半から急速に残高が減っている。母にかかる手間が増えたことで、精神的にも時間的にも仕事ができなくなってきたのだ。

通帳の額が減っていく恐怖は、体験者でないと理解できないだろう。減り方の曲線を未来に延長していけば、そこには確実な自分の破滅が見える。破滅から脱出したければ仕事をすればいいのだが、介護の重圧の前にそれもままならない。

幻覚が出た二〇一五年春とは、少々違う形ではあるが、再度、私は精神のバランスを失いつつあった。この頃から、何かと「死ねばいいのに」という独り言が出るようになった。一度は、雑踏の中を歩いている時に、なんの脈絡もなしにこのフレーズがポロッと口から出てきたりもした。前を歩いていた若い女性、あれは女子高生だったか——が、ビクッと体を震わせて、私を避けていったのが印象的だった。

主語はない。

が、明らかだ。

「母が死ねばいいのに」だ。母が死ねばこの重圧から自分は解放される。が、それを口に出すのはためらわれるので、主語なしの「死ねばいいのに」なのだ。これだけ自分で自分を分析できるのに、それでも口を突いて出る「死ねばいいのに」を止めることができなかった。

第十八章
果てなき介護に疲れ、ついに母に手を上げた日

衰える足腰、量が増える失禁、度重なるトイレでの排便の失敗——老衰とアルツハイマー病の両方の進行により、二〇一六年の秋の母は弱り、ますます介護に手間がかかるようになっていった。十月に入ると、これらに加えて過食も再発した。

いつも午後六時頃に夕食を出すようにしていたのだが、少しでも遅れると台所を漁り、買い置きの冷凍食品を散らかすのだ。「お腹が空いてお腹が空いて、いてもたってもいられない。御飯を作ってくれないあんたが悪い」——食欲は原始的かつ根源的な欲求ということなのだろう。何度言っても、懇願しても怒っても止まらなかった。

自分が壊れる時は、必ず前兆がある。

今回の場合、前兆は、「目の前であれこれやらかす母を殴ることができれば、さぞかし爽快な気分になるだろう」という想念となって現れた。理性では絶対にやってはなら

ないことだと分かっている。背中も曲がり、脚もおぼつかず、転んだだけで骨折や脱臼する母を私が本気で殴ろうものなら、普通の怪我では済まない。殴ったことで母が死んでしまえば、それは殺人であり、即自分の破滅でもある。が、理性とは別のところで、脳内の空想は広がっていく。

簡単だ。

拳を握り、腕を振り上げ、振り下ろすだけだ。

それだけでお前は、爽快な気分になることができる。

なぜためらう。ここまでさんざんな目に遭わせてくれた生き物に、制裁の鉄槌(てっつい)を落とすだけではないか。握る、振りかざす、振りまわす――それだけで、お前は今感じている重苦しい重圧を振り払い、笑うことができるのだぞ。

悪魔のささやきという言葉があるが、このような精神状態の場合、間違いなく悪魔とは自分だ。そのささやきは、ストレスで精神がきしむ音なのだ。

とうとう手が出てしまった

十月二十二日土曜日、私は少し台所に立つのが遅れた。すると母は冷凍食品を台所いっぱいに散らかし、私の顔を見て「お腹が減って、お腹が減って」と訴えた。明日の日曜日も自分が夕食を作らねばならない。「明日は遅れないようにしよう」と思う私の脳裏で、別の声がはっきりと響いていた。「殴れ、明日もやらかしたら殴れ」。

翌二十三日の夕刻、いつもの日課の買い物に出た私は、少し予定が遅れた。大急ぎで戻って来たのは午後六時過ぎ。五分と過ぎていなかったと記憶している。

間に合ったかと思った私を迎えたのは、またも台所に散らかった冷凍食品と、母の「お腹が減って、お腹が減って」という訴えだった。

気がつくと私は、母の頬を平手打ちしていた。

母はひるまなかった。

「お母さんを殴るなんて、あんたなんてことするの」と両手の拳を握り、打ちかかってきた。弱った母の拳など痛くもなんともない。が、一度噴き出した暴力への衝動を、私は止めることはできなかった。拳をかいくぐり、また母の頬を打つ。「なんで、なんで。痛い、このっ」と叫ぶ母の拳を受け、また平手で頬を打つ。

平手だったのは、「拳だともう引き返せなくなる」という無意識の自制が働いたからだろう。その時の自分の気持ちを思い出すと、「止めねば」という理性と「やったぜ」という解放感が拮抗（きっこう）して、奇妙に無感動な状態だった。現実感もなく、まるで夢の中の出来事のように、私と母はもみ合い、お互いを叩き合った。いや、叩き合うという形容は、母にとって不公正だろう。私は痛くないのに、母は痛かったのだから。自分を止めるに止められず、私は母の頬を打ち続けた。

我に返ったのは、血が滴ったからだ。母が口の中を切ったのである。

暴力がやむと母は座り込んでしまった。頬を押さえて「お母さんを叩くなんて、お母さんを叩くなんて」とつぶやき続ける。私は引き裂かれるような無感動のまま、どうすることもできずに母を見つめるしかなかった。

そのうちに、母のぶつぶつの内容が変化した。

「あれ、なんで私、口の中切っているの。どうしたのかしら」——記憶できないということは、こういうことなのか！　この瞬間、私の中に感情が戻って来て、背筋を戦慄が走り抜けた。洗面所に向かった母を置いて、私は自室に籠もった。なにを考える気力も湧かないまま、携帯電話を見ると、ドイツにいる妹からのLINEの連絡が入っている。

「今日コネクトした方が良ければ連絡ちょうだい。

来週は秋休みになるので自宅にいません。再来週の11／6はいます」

妹とは、毎日曜日の午後六時か七時頃に、スカイプをつないで、母に孫たちの顔を見せるという習慣をずっと続けていた。都合がつかない時は、柔軟に中止したり延期したりしているので、その連絡だ。

今日が日曜日で助かった——。すぐに私は返事した。

「今、少し話をしたい。スカイプスタンバイします」

妹に話すことで危機を脱する

スカイプを通じて妹に、私が何をしてしまったかを話した。誰かに話さなくては自分が狂ってしまいそうでたまらないということもあったし、話すことで再発を防がねばならないという意志もあった。何をしても母の記憶には残らない。この状態で暴力が常習化し、エスカレートすることを私は恐れた。妹は事情をすぐに理解したようで「分かった。私からケアマネのTさんに連絡を入れる。もう限界だということだと思うから、ちゃんと対策しよう」と言ってくれた。

翌日、すぐにTさんは連絡してきた。

「妹さんからメールが届いて、事情は理解しました。まずは松浦さん自身が少しお休みをとる必要があると思います。とりあえずお母様にはショートステイに二週間行ってもらいましょう。休養して時間を稼いで、その上でこれからのことを考えるといいと思います。必要なことは全部私のほうで手配しますから」

そして付け加えた。「正直、私から見ても、ここしばらくの松浦さんは、もう限界だなと思っていました。よくここまでがんばられたと思います」

よくがんばった――おそらくは暴力を振るってしまった家族に対して、どのような対応をすればいいかが、マニュアル化され、確立しているのだろう、と私は思った。が、たとえそうであっても、この言葉は心に沁みた。

こうして急に、母をショートステイに送り出すことになったが、その前にいくつかやらねばならないことがあった。歯医者の定期検診に連れて行き、歯の掃除をしてもらった。妹に頼んで冬用下着を通販で送ってもらい、試着させてサイズが合うかどうかを確認した。

ショートステイに行く前日、内科医院に連れて行ってインフルエンザの予防接種をした。抗体が定着するまで数週間かかるから、冬の本格的流行に先立って、早めにやっておかねばならない。予防接種の同意書には、本人のサインが必要だった。「ここに自分の名前を書くんだよ」と言うと、母は「自分の名前が書けない」と当惑したような顔で言った。「ひらがなでもいいんだよ」と言うと、しばらく考えてから、やっと漢字で自分の名前を書いた。かつてのはつらつとした筆跡からは想像もつかない、弱々しいサインだった。

母がショートステイに出ると、家にいるのは老犬と私だけとなった。二週間の空白——実に二年四カ月振りに私が得た休息だった。

ショートステイなどの施設を使って、家族と本人を引き離すというのは家庭内暴力が発生した際の基本的な対応なのだろう。十一月、十二月と、ケアマネTさんは、十一日間のショートステイの後三日間の帰宅、また十一日間のショートステイと三日間の帰宅というローテーションを組んだ。公的介護保険の補助が出るとはいえ、ショートステイには一日五千円程度の出費が伴う。収入が激減している私にはかなりきつい状況だ。ありがたいことに、共働きをしている妹が、緊急に送金してくれたので、金銭的危機は回避できる見通しがついた。

ケアマネTさんと話し合い、自宅で私が中心になって母を介護するのはもう限界であって、ここから先は施設のプロに母を託するべきであるということになった。

私の気持ちはといえば、悔悟と安堵がぐるぐるに混ざったものだった。「ここまでか、ここまでしかできなかったか、もう少しなんとかならなかったか」と、「これでやっと終わる」が入り混じってぐるぐると身の内を走り回り、母がショートステイに行っていても、あまり休息できたという実感はなかった。

事実、まだ安堵できる状況ではなかった。老人介護施設には定員があり、昨今の高齢者人口の増加によってどこも混雑していた。望んだからすぐに入居できるというものではないのだ。一言で老人介護施設といっても、その種類は非常に多い。大きくは、健常な老人の入居する施設と、認知症などで介護を必要とする老人向けの施設とに二分され、さらに公的施設と民間施設とに分かれる。これだけで区分が四つあることになるが、それぞれ規模や目的によってさらに細かい種類が存在する。大人数の施設、少人数の施設、生活していくことが目的の施設に、医学的な治療やリハビリテーションを目的とした施設などなど。

母のようにとりあえず目立った疾患はなく、老衰とアルツハイマー病により要介護３の認定を取得している場合には、「介護が必要な老人が、生活を営んでいくための施設」が、入居の対象ということになる。

入居先探しは長期戦を覚悟

我々きょうだいは、Tさんのすすめで、母を預ける先として、特別養護老人ホーム、グループホーム、民間の老人ホームを検討することにした。

特別養護老人ホームというのは、要介護3以上の認定を受けた老人が入居できる公的な介護施設だ。生活の場としての施設なので、継続的医療行為が必要な場合は対象外となる。広域型と地域密着型とがあり、広域型はどこに住民票があっても入居可能。地域密着型は定員二十九名以下と小規模で、その地域の老人のみを受け入れる。公的施設だけあって、入居費用が比較的安価だ。施設の建設年次によって、設備の充実度合にかなりの差があり、ひとり一部屋の個室のところもあれば、病院の大部屋のようなところもある。やはり、安さは魅力で希望者が多く、入居まで一年以上自宅待機というケースもあるという。

それに対してグループホームは、主に社会福祉法人やNPOなどの民間が主体となって運営する、地域密着型の介護施設だ。その地域に住む老人を受け入れ対象としている。規模は十名から二十名程度で、少人数で家族的介護を行うことを特徴としている。施設は基本個室。こちらも公的な補助が入っており、入居費用が極端に高いということもない。ただし、こちらも人気は高く、入居前の待機が長くなる傾向がある。

民間の老人ホームは言うまでもないだろう。全般に入居費用は高い。上を見れば切りがない世界だ。が、逆に言えば金次第でどんなサービスでも選択することができる。やはり高いということがネックになるのか、入居はさほど難しくはない。ここでも「地獄の沙汰も金次第」なのである。

実際問題、民間の老人ホームは、我々きょうだいの収入に比して入居費用が高過ぎ、とてもではないが利用はできなさそうだった。となると特別養護老人ホームか、グループホームだが、どちらもそう簡単に入居できそうな雰囲気ではなく、「これは長期戦となる」というのが、二〇一六年の末の段階での見通しであった。

第十九章　母、我が家を去る

二〇一五年、二〇一六年と、正月には甥姪三人を連れてドイツから帰国していた妹は、二〇一六年の年末は、一人で帰ってきた。子供連れではできない、面倒な事務手続きを我々きょうだい三人で進めるためである。二〇一六年の年末から二〇一七年の年始にかけて我々は、揃ってケアマネTさんの案内のもと、様々な施設の見学に行った。近隣の特別養護老人ホームとグループホームを七カ所ほど回った。

施設は文字通り千差万別だった。

例えば、特別養護老人ホームといっても、充実した設備と明るい対応のところもあれば、どことなく暗く冷たい雰囲気で、それこそ廊下の隅に死神が黙って待機していそうな印象のところもあった。グループホームとなると、ホーム長の個性や運営母体の運営方針が出るので、差はもっと激しくなる。これは性格に合う施設を探さないと、母がかわいそうだ。

ひとつ、「ここなら母に合いそうだ」ということできょうだいの意見が一致したグループホームがあった。自宅から近過ぎず遠過ぎずの郊外の畑の真ん中に立地しており、窓からの眺めも悪くない。近くには保育園があって、幼児との日常的な交流もある。何よりも、「老人を管理する」ではなく「一緒に暮らす」という方針で、何をしてもあまりうるさく規則、規則と言わないという運営方針が母にぴったりに思えた。が、ここもご多分に漏れず満員で、空きがない。

入居申請はいくつもの施設に同時に提出しても良いので、ここを含めて全部で五つの施設に入居申請を出した。そのうちひとつは、二〇一七年四月開所予定の、大型の特別養護老人ホームだった。一気に百人の定員を埋めるので、比較的入りやすいだろうと思われ、この新設ホームが最後の希望になりそうだった。

母、恐るべきヒキを発揮する

介護施設の入居は、「申し込んだ順番」に入居するというものではない。

入居申請の書類には、どのような状況で入居を希望するかを記入する。各施設は定員に空きが出ると、入居希望者の状況を比較し「最も困っていると判断した人」から入居させていく。前章で書いた通り、特別養護老人ホームも、グループホームもどこも順番待ちは長い列で、回ってくるまでかなりの時間がかかると思われた。見学ではいつも「運が良ければすぐ入居できますが、そうでない場合もあっていちがいにこうとは言えません」という説明だった。

特別養護老人ホームは、二〇一五年四月の制度改正で、それまでは要介護1の人から入居できたものが、要介護3以上でないと原則入居できなくなった。このため、現在ではいくらか待機期間が短くなっているそうだが、二〇一七年一月の段階では、個々の施設の現場で「入りやすくなりました」と断言してくれるところはなかった。

年末年始を、母は妹の介護で過ごした。がさつな私の介護と比べると、同性の妹はずいぶん以心伝心で介護できるようで、母はご機嫌だった。おかげで、というべきなのだろう。十月に私を悩ませた過食も、ぴたりと収まった。妹が介護してくれている間、私は取材で鹿児島に出張することができた。一月半ばに妹がドイツに戻ると、また母をショートステイに出すこととなった。ここで問題なのは、ショートステイは要介護の有効期間（母は一年）のうち半分しか利用できないということだ。「短期滞在」が預けっぱなしで事実上のグループホーム化してしまうのを防ぐための規則である。もしも母の待機が、半年を超えて続くようなら、なにか別の手段を考える必要がある。

が、心配は不要だった。なんと、この段階で、母は強力なヒキを発揮したのである。一月十八日になって、きょうだい一致で「ここがいい」と判断したグループホームから、Tさん経由で「空きが出ました」という連絡が入った。びっくりしてグループホームに電話を入れる。Kホーム長は、早手回しにショートステイ先の母に会いに行き、面接まで済ませていた。「ウチは割と家族的な運営を心がけているのですが、あのお母さまだったら大丈夫。私たちのところで一緒に生活できると思います」。こんなに早く入居できるとは。二年前には、せっかくつかんだ新薬の治験参加のチャンスを転倒で棒に振ったとは思えない運の良さだった。

二〇一七年一月二十三日。四十一年と十カ月

入居にあたっては、Kホーム長と顔を突き合わせ、山のような契約関連書類を読み合わせた上で、多数の印鑑を押さねばならなかった。が、そんなことはここまでの苦労を考えれば大したことはない。入居費用は、母の年金全額に加えて、我々きょうだい三人が一カ月にひとり一万五千円ずつ支出すれば、継続的に支払える額だった。

おそらく「あなたを施設に入居させます」と直接言えば、母は驚き、怒り、徹底的に抵抗するだろう。ケアマネTさんといろいろ検討し、入居は一月三十一日、ショートス

テイ先から直接、ということにして、「もう少し居心地の良い滞在先に移ってもらいます」と説明することにした。

一月二十日金曜日から二十三日月曜日にかけてが、母が自宅で過ごす最後の日々となった。グループホームに入居すると主治医も施設のかかりつけ医と交代になる。二十一日土曜日は、H医師の最後の診察だった。すでにケアマネTさんからH医師に事情は伝わっていて、「現状を考えると、グループホーム入居は、大変的確な選択だと思います」と言われた。

「身内の介護はね、どうしても限界があって、どんなにがんばってもやさしくできなくなっちゃうんですよ。大丈夫、距離を取れば、またやさしく接することができるようになりますよ」

ケアマネTさんの「よくがんばった」と同じく、H医師の言葉は、家庭内暴力を起こした者に対するマニュアル的な定型の文言なのかもしれなかった。それでも、ここまで二年半、介護の矢面に立っていた私の耳にはありがたく響き、思わず涙が出てきた。

最後だから、と夕食はがんばった。

土曜日はすき焼きにした。母は「おいしい」と言って食べた。

が、翌日の日曜日の朝が良くなかった。

朝起きてみると母は、便で汚れた布団を膝に載せて、呆然とテレビを観ていた。トイレからベッドから床から、便で汚れていた。洗濯機には便で汚れたシーツが半分突っ込んであった。自分で片付けようとしてここまで持ってきて、そこで記憶が切れて忘れてしまったのだろう。服を全部脱がせ、風呂場でシャワーを使って体に付いた便を洗い流した。床を掃除し、殺菌剤を散布する。汚れものはまず塩素系漂白剤に浸け込み、次いで流水で便を全部洗い流し、その上で洗濯機にかける。まったくこの二年半でずいぶん手際が良くなったものだと思う。本人はしきりに「ごめんね、ごめんね、こんなことさせて」と言っていたが、途中で途切れた。記憶が続かないから仕方ない。

ここまできて、なおも私には母を預けることに罪悪感があった。精神的に追い詰められて母を叩いてしまって何を言うかだが、それでも母がこの家で暮らしたいという以上、なんとかその希望を叶えたい気持ちは続いていた。が、便の片付けをしていくうちに吹っ切れた。二〇一五年六月の肩脱臼にあたって、私は「母が自律して排泄できる間は、この家で介護しよう」と考えたのだった。この朝の排泄の失敗は、私の気持ちに区切りをつけさせることとなった。やれることは、もう、全部やったのだ、と。

腹具合は大丈夫かなと思ったが、なにしろ母が家で過ごす最後の晩だ。ここで張り込まなくてどうすると思い、夜は、思い切り高級な牛肉を買ってきてステーキを焼いた。霜降りで脂が多いので、量は多くはない。これまた母は「おいしい」とぺろっと食べた。実際、胃腸が丈夫というのは貴重な資質だと思った。

翌一月二十三日月曜日、母は特に排便の失敗もなく、すっと起床した。ヘルパーさんの助けを得て身支度し、もう戻ってこられないとは知らず、いつものショートステイだと思って出て行った。

その後ろ姿を見て、私の脳裏に浮かんだのは――アニメオタクと笑わば笑え――テレビアニメ「赤毛のアン」（一九七九年）最終回近くのサブタイトル「マシュウ我が家を去る」だった。そう、前年七月に退職したヘルパーのKさんが、若い時に同じ職場で働いていた、高畑勲氏演出の作品だ。孤児だったアンを引き取ったマシュウとマリラの兄妹の、兄のマシュウがこの世を去り、その葬儀が描かれる回である。

亡父が建てた実家で、母は人生の半分以上、四十一年十カ月を過ごした。次に帰ってこられるチャンスは今年の年末だろうが、衰えの進み方を鑑みるに、この家に戻れるかどうかは分からない。

ひとつの家族のひとつの時代が終わったのである。

絨毯の跡を見て、実感が湧き上がる

などと、どっぷりと感傷に浸っているヒマは、あまりなかった。それから数日間は驚くほど忙しかった。ケアマネTさんが、車椅子利用者の送迎に使うリフト付きバンを事務所から借り出してくれたので、それを使って、Tさんと共に母の荷物をグループホームに運んだ。テレビにサイドボードに、洋服ダンスに着替えの服や下着。足りないものは、後から運べばよい。ベッドは、前の入居者（亡くなられたとのことだ）の家族が、「後の方が使ってください」と置いていったので、ありがたく使わせてもらうことにする。

Tさんには本当に最後の最後までお世話になりっぱなしだった。「仕事ですからいいんですよ」とTさんは言うが、その専門知識と、的確な介護プログラムの作成がなければ、ここまで母を介護することはできなかったろう。Kホーム長と連絡を取って、受け入れの手順の打ち合わせもした。どうせ、ごねるだけごねるだろうと伝えると「我々もプロですから、大丈夫ですよ」と頼もしい言葉が返ってきた。

自宅にはレンタル事業者がやってきて、借りていた介護用ベッドや、トイレ用補助具などを回収していった。介護の主体が、グループホームに移るので、次に母が一時帰宅するなどしてベッドが必要になる時は、補助が付かない。その時は実費で借りる必要がある。

一月三十一日の入居当日、ショートステイ施設からの母の移動は介護タクシーに頼んだ。要介護の老人を専門に運んでくれるタクシーで、車椅子や寝たきりの人でも運ぶことができる。グループホームに行って待機していると、やがて介護タクシーに乗って母が到着した。

案の定「帰るんじゃないの？　私を一体どこに連れてきたの」と警戒心全開で、私を詰問してくる。

「ショートステイが長くなっているので、もっと居心地良く過ごせるところを探して用意したんですよ」と、事前に用意した〝嘘ではない説明〟をする。が、母は聞く耳持たない。「ここはどこ」「私をどうするつもり」と繰り返して、玄関から動こうとしない。

「ここから先は私たちで対応します」とKグループ長が母には聞こえないように言った。「これまでも何度もあったことですから、じきにお母さまも落ち着くでしょう。あまり顔を見せていると、まだまだ大変だと思うので、一度お帰りになったほうがいいと思います」

母は相変わらずごねている。が、もう私にできることはないようだと判断し、そっと母には分からないように身を引いて帰宅した。

＊＊＊

家では、老犬が迎えてくれた。

こいつももう十五歳だ。母の介護の次は、犬の介護かもしれない。この十五年を家族として母と共に過ごしてきた犬だ。しっかり看取らなくてはいけない。

母が居室に使っていた応接間の絨毯には、介護用ベッドの脚の跡がくっきりと残っていた。絨毯には、黄色いシミも残っている。母が失禁した跡である。いくら掃除をしても取り切れなかったのだった。一時帰宅できる可能性もあるので、まだ絨毯は交換できない。交換するとしたら、母がこの世を去った後だ。

急に、「一区切り付いた」という実感が、腹の底から湧いてきたのだった。

第二十章
「予防医学のパラドックス」が教える認知症対策

私の二年半の介護経験は、「サンプル数1」に過ぎない。

世間にはもっと長く、それこそ十年以上介護の負担に耐えている人もいるわけで、この体験のみで介護に関する一般的な考察ができるとは思っていない。ただし、それでも必死になって情報を集め、検討し、目の前の母の状態と比較し、我が身を省みることで見えてくるものもある。ここで、「老人介護と日本の未来」について、思い切り大きく振りかぶってみることにする。

社会を維持するという大目標

まずこの国の年齢別人口構成から始める。
高齢者層が増えていて、一九四五年から数年間に生まれた団塊世代が七十歳以上になりつつある。その一方で若年層は減るばかりだ。人口動態は、かなり正確に将来を予測できるものなので、こうなることは一九八〇年代からもう分かっていた。その時点なら抜本的対策を打って出生率を増加させるという解決策もあり得た。例えばフランスは、それをやった。子供を産む女性を社会的に徹底して優遇したのである。二〇一四年時点でフランスの出生率は一・九九。つまり、女性一人が生涯で平均して一・九九人の子供を産む。しかし、日本はそれをしなかった。日本の出生率は二〇一四年時点で一・四二だ。

今すぐにフランス並みの女性優遇策をとったとしても、この高齢化をひっくり返すには非常に長い時間がかかる。そもそも子供を産む適齢期女性の人口が減り始めてしまっているからだ。しかも一向に徹底した対策をとろうとはしていない。従って、この人口構成を前提に、これからのことを考えていくことになる。増える高齢者、減る若年層——この状況で、今までと同じように社会を回すつもりなら、できることはひとつだけ。高齢者層が一層働くということだ。

六十五歳で引退などはあり得ない。七十歳、七十五歳と働き、年金支給開始年齢もそれに応じて七十歳、七十五歳と遅くしていく。一番簡単な解決法だ。今、日本政府は徐々にこの方向に向かいつつある。

が、この方法には大きな問題点がある。

高齢者の一定割合は、病気で働けなくなるということだ。

病気とは、例えばがんであり、心臓や脳の疾患であり、認知症である。そして老衰が重なることもあって、その割合は年齢が上がっていくほど増えていく。

人間が健康上の問題がない状態で日常生活を営む期間のことを健康寿命という。二〇一六年の段階で、男性の平均寿命八十・九八歳に対して健康寿命が七十二・一四歳。その差は八・八四年。女性は平均寿命八十七・一四歳で健康寿命七十四・七九年。その差十二・三五年。つまり、男性は人生の最後の八・八四年、女性は人生の最後の十二・三五年を、社会で支えないといけない状態だ。

この健康寿命を延ばしていかないと、「老人も働いて社会を支える」という戦略目標は達成できない。認知症対策は、「少子高齢化が進む中、我々の社会を維持発展させるために健康寿命を延ばす」という大目的の中に位置付けることができるのだ。

実はここまでの議論で、別の解として「人工知能やロボットのような機械を社会に大きく導入することで生産性を向上させて、社会を支える」という方法がある。が、こちらは、老人の介護や認知症とは関係ない議論になるので、割愛する。実際には、「老人も働く」と「機械を使う」が絡み合って、今後の日本社会が形成されていくのだろう。

歳を取ったらさっさと認知症になりたいとか、あるいは脳疾患や心臓疾患でさっさと死にたいという人は、たとえいてもそんなに多くはないだろう。多くの人は「健康かつ元気で長生きしたい」と思っている。だから、社会の要請と我々の欲望とは大筋では一致している。やるべきことは、健康寿命を延ばすこと。これもはっきりしている。これは予防医学と呼ばれる医学の分野の役割だ。予防医学の中でも、一次予防という「病気にならないための予防策」は、割と当たり前で単純な対策の集まりである。

「高血圧にならないために塩分摂取を控える」
「栄養が偏らないよう、きちんと野菜を食べる」
「肥満にならないように日常的に運動する」
「定期的に健康診断を受ける」
「タバコは吸わない、酒は飲み過ぎない」
「毎日きちんと睡眠をとる」

などなど。ところが、このような対策をきちんととっていても、病気になる人は発生する。逆にこれらを守らなくとも、長生きする人はいる。だから、「こんなこと、健康長寿に関係ないよ」と思ってしまいがちだ。

「予防医学のパラドックス」とは

ところが、この考えは間違っている。

私たちは、物事を因果関係でとらえがちだ。「親の因果が子に報い」ではないが、どうしても「原因があって結果がある」という形で物事を見てしまう。しかしながら、健康の問題は社会全体としては確率的・統計的なのである。「高血圧にならないために塩分摂取を控えると、高血圧になる確率が下がる」のだ。確率だから、塩分摂取を控えても高血圧になる人はいるし、ばんばん塩分摂取してもならない人もいる。

つまり、予防医学で社会全体としての健康寿命を延ばすためには、社会全体として予防策をとっていく必要がある。重症患者だけ手厚くケアしたり、逆に見捨てて社会から切り離すといったことでは駄目なのだ。

予防医学には、「予防医学のパラドックス」というものがある。

「小リスクの大集団から発生する患者数は、大リスクの小集団からの患者数よりも多い」というものだ。言い方を換えると、「社会全体に大きな恩恵をもたらす予防医学は、社会を構成する個々人への恩恵は小さい」ということになる。これでは身も蓋もないので、もっと希望を持てる言い方にすると、「多くの人が、ほんの少しリスクを軽減することで、全体には多大な恩恵がある」ということになる。

さらに言い方を換えると、ある疾患を減らすために、その患者のハイリスク群を集中的にケアしてもあまり効果がない。社会の構成員全体に働きかけて初めて効果が出てくるということなのである。これは統計学的な事実だ。

高血圧の患者を集中的に治療しても高血圧患者はあまり減らない。社会全体に「減塩しましょう」と呼びかけ、習慣として定着させることで、初めて社会全体としては高血圧患者が減るのだ。（参考資料『予防医学のストラテジー　生活習慣病対策と健康増進』ジェフリー・ローズ著、曽田研二／田中平三監訳、医学書院、一九九八年）

二〇一六年の秋、有名アナウンサーが「自業自得の人工透析患者なんて、全員実費負担にすべきである。無理だと泣くならそのまま殺せ。今のシステムは日本を亡ぼす」という発言をネットに書き込んで、「暴論だ」「透析を受ける者への中傷だ」と非難されて、いくつもの番組を降板する事件が起きた。

思うに彼は、「予防医学のパラドックス」を知らなかったのだろう。

人工透析患者を攻撃して全員実費負担にしても、大して医療費は下がらない。社会全体に対して人工透析にならないような生活習慣をじんわりと根付かせていって初めて人工透析の患者数は減り、医療費が減少するのである。そして、このアナウンサーの事件は、少子高齢化が進行しつつある我々の社会が抱える、大きな危機を象徴していると、私は思う。

分断を煽るポピュリストが危険な、本当の理由

先の見通しが立ちにくい状況の中で、私たちはついつい明確なオピニオンを求めてしまう。確率・統計ではなく、因果関係で物事を判断しがちな我々にとって、明確なオピニオンとは、「あいつがいるから、お前が困ることになるのだ。あいつをやっつければ、お前は楽になる」という因果関係の形をとる。「人工透析患者が医療費高騰の原因になっている。彼らの医療費を実費にしなければ日本は滅びる」というように。大間違いであることは言うまでもない。

このような「あいつが悪い。あいつがいなければお前は楽になる」というオピニオンでポピュリズムを煽(あお)り人気を集める政治家が二十一世紀に入ったあたりから増えてきた。これは大変危険な状況である。なぜならば、「あいつが悪い」のポピュリズムは社会を分断し、傷を残すからだ。予防医学のパラドックスで分かるように、健康寿命を延ばしていくためには、社会全体にじんわりと働きかけていく必要がある。ところが、その

社会を敵と味方に二分して敵対するように仕向けてしまっては、全体への働きかけができなくなってしまう。

ここにきて、「老人は優遇されている。もっと若者に予算を回すべきだ」という発言をする政治家が出てきた。ちょっと見には、言いにくい正論を述べている、良いことを言っている、と思う方も多いだろう。だが、老人と若者という同じ社会的弱者を敵と味方に分類し、「お前たち若者がひどい目にあっているのは老人のせいだ。老人をやっつければお前たちは楽になる」と言っているのと同じなのだ。

この意見に賛同すれば、老人と若者という同じ社会を構成する要素を分断して敵対させ、社会に傷をつくることになる。

こうなってしまうと、予防医学のパラドックスに基づいて、社会にじんわりと働きかけて健康寿命を延ばし、ひいては認知症患者を減らしていくということは難しくなる。若者は「それは老人の問題だ。我々に関係ない」と思うだろうし、老人は「若いのが何を言ってきても、それに我々が従ういわれはない」と考えてしまうだろうからだ。

いやしくも政治家であるなら、安易な人気取りのために社会を分断するような言葉遣いをするのは慎むべきだろう。「このような問題がある。みんなで最適な解決法を考えていこう」と呼びかけるべきなのだ。たとえ結論が「老人関連予算を減らし、若者関連に回す」という同じものであっても、対立を煽らずに実現すれば、社会に傷をつくらない。

このように考えていくと、社会全体で疫学的証拠に基づき、予防医学のパラドックスを使って、社会全体として認知症患者を減らしていく方策がいくつもあることに気がつく。

例えばタバコ。かつては「ニコチンは、認知症発症の危険性を下げる」とされてきたが、今では「喫煙は認知症発生の危険性を上げる」ことが判明している。二〇一七年七月現在（注・単行本出版時点）、二〇二〇年東京五輪に向けて飲食店における喫煙をどうするか激論が交わされているが、飲食店での間接喫煙は社会の人々が広く関係する問題なので、諸外国のように全面規制すれば回り回って認知症患者を減らすことにつながるだろう（二〇二〇年四月に「改正健康増進法」が全面施行され、飲食店は原則屋内禁煙が義務化された）。それは健康寿命を延ばすことでもあり、少子高齢化が進む日本を新たな繁栄に導く第一歩でもある。規制に反対する自由民主党の政治家は、このようなことに意識が向いていなかったのだろう。大変残念なことだ。

あるいは、ブラック企業における過重労働の問題。睡眠不足が認知症発症の危険因子であることは、疫学的調査で判明している。つまり、社員の過重労働で稼ぎ出す会社の利益は、将来の健康保険財政や、老人介護の財源からつまみ食いしたものと言ってもいいだろう。過重労働は社会全体の問題なので、全体として規制していけば、将来的に認知症の発症を減らすことにつながる。高血圧、糖尿病なども認知症発症の危険因子だ。これら生活習慣病は、予防医学のパラドックスの好例だ。社会全体にじんわりと働きかけていくことでのみ、大きく減らすことができる。これら生活習慣病の患者が減れば、並行して認知症患者も減らすことができる。

認知症患者を減らし、健康寿命を延ばして、今の社会を維持していくために必要なことはなにか——私は以下のように考えている。

社会全体でじんわり予防し、柔らかく包摂

まず「お前がつらい境遇にいるのは、あいつが悪いからだ。あいつを排除すればお前は楽になる」的な意見で人気を集めようとするポピュリズム、そしてポピュリスト政治家の台頭を許さないこと。それによって、社会の分断を防ぐこと。

我々の社会は、誰が悪いということはなく、全員が一蓮托生（いちれんたくしょう）なのだ。

その上で、社会全体でじんわりと健康寿命を延ばすための対策を浸透させていくこと。健康寿命を延ばす方策は、当たり前のことの集まりであって、それだけに実施は難しい。

が、これをやっていくことで確実に認知症患者も減らすことができるだろう。

認知症患者を減らすことができれば、現在の公的介護保険の体制も維持発展させることができる。どんなにきちんと予防対策をしても、確率的に認知症を発症してしまう人は絶対にいる。公的介護保険制度を維持発展させることができれば、その人たちを見捨てることなく、社会で柔らかく抱え込んでいくことが可能になる。

繰り返しになるが、分断によって、認知症患者を社会から切り捨てるのではなく、社会の一部として包摂していくことが大切なのである。

第二十一章
介護生活を支えてくれた鉄馬とシネコンの暗闇

グループホーム入居から、二〇一七年七月で半年。母は新しい環境に馴染み、割と楽しく過ごしている。表情は私と家で暮らしている時よりも柔らかくなった。家では、今までできていたことが少しずつできなくなり、私と衝突しては自尊心が傷つくことの連続だったのだろう。しかしグループホームでは、なにか失敗をしても介護という仕事を心得たプロが、十分な設備を使って対応してくれる。

ただひとつ、健康面を気遣っての薄味の食事には慣れてくれない。私は毎週面会に行っているのだが、そのたびに「御飯がまずい。味が薄い」と不満をぶつけられる。これには職員さんもかなり閉口しているようで、笑顔ながら「御飯がまずいって言われると、けっこうぐさっと来るんですよー」と言われた。それはそうだろう。息子としては、口に戸の立たない、不肖の母で申し訳ないとしか言いようがない。

一度など、施設の行事で、鰻丼が出た時に「これは本物の鰻ではない。本当の鰻丼はこんなものではない」と演説を始めたそうだ。あんたは海原雄山か、それともそのモデルとなった北大路魯山人か。

　幸い、母のいるグループホームは、事前に連絡を入れておくと、差し入れの食事を持って行って一緒に夕食を食べることができる。だから近いうちに母が好きだった鰻屋の鰻重を持って行こうと思っている。今やニホンウナギは絶滅すら危惧されているが、八十三歳の老婆のあと何回あるかも分からぬ夕食の一回に割り込ませても、罰は当たらないだろう。

　失禁は、どうにもならないところまで進んでしまった。私が面会に行った目の前でも、度々失敗する。これだけでも、もう自宅での介護は無理だったのだ、と実感する。肉体も徐々に衰えつつある。六月には軽い脳梗塞を発症して一週間入院した。幸い手当てが早かったので後遺症は残らなかったが、もう一度やってしまったら、きれいに回復するかどうか、自信はない。

　母は、後いかほど生きるのか、残る時間でどれだけの喜びを得て、この世を去ることになるのか。私には分からない。が、今の母を見て思うのは「余生とはこういうものなのだろう」ということだ。がんでこの世を去った父は、最後の最後まで自分の意志で何事かをしていた。父には余りの生はなかった。最後の瞬間まで、あくまで「自分の人生」だった。

どちらが良い人生なのか——もちろん最良は、九十八歳で没する三日前まで評論の原稿を書き、現役の音楽評論家として仕事をし続けた吉田秀和さんのような生き方であろう。が、今のところ誰もがそのように人生を全うできるわけではない。

身近な「介護する人」にほんの少しの気遣いを

私自身はといえば、母をグループホームに預けた直後から、一気に疲労が出てひっくり返ってしまった。朝起きたら、とりあえず何か食べて、老犬に餌をやり、散歩したらそのままばったり倒れ込んで、また寝てしまう。こんな状態が二月いっぱい続いた。その間、ろくに仕事もできないので、収入的にはよくよくのところまで追い詰められた。どうやら動き始めることができたのは、三月に入ってからだ。それも、「三月十五日は確定申告の締め切りだから、それまでに税務計算を済ませて申告しないとまずい」という理由で、重たい身体にむち打ってやっと動くことができた。

だからこそ、言おう。自分自身が親の介護をしていなくとも、もしも身近に介護の真っ最中の人がいるなら、願わくば仕事その他で余計な負荷がかからないように、ほんの少しでいいので気遣いしてもらえないだろうか。

私は、取材をして文章を書く自営業なので、比較的外部との調整は単純だった。収入激減という事態も、積極的にとらえるならば、仕事を放棄してまで介護に集中することが可能だったということでもある。が、これが会社組織の中で働いていたら、自分の身心にかかる負荷はもっと大変なことになっていただろう。正直、自分がサラリーマンだったならば、この二年半を耐えることができたか、自信がない。

これまでも何度か書いたが、介護する者が倒れれば、それは即介護される側の生活の危機である。

この文章を読むあなたが雇用する側か、それとも雇用される側かは分からない。が、どちらの立場であっても、心ならずも介護の矢面に立つことになった人に、会社がさらなる圧迫を加えないよう、むしろ精神的重圧を和らげるように、ふるまってほしい。

機動性と積載力のある乗り物はとても便利

私の介護の体験は、サンプル数1であって、これをもって何か一般的な「介護はこうすべし」というような教訓を引き出せるものではない。ただし、その中でもいくつか「私はこう感じた」「このように考えた」ということはあり、ひょっとするとこれから介護に直面する人の役に立つかもしれない。

あくまで「かもしれない」ということを先に断っておいて、ひとつだけＴｉｐｓを書くことにする。「機動性と積載力のある乗り物があると、とても便利で役に立つ」ということだ。私の場合は、軽量で単気筒二百五十ccエンジンの「ホンダＡＸ－１」というバイクだった。

　私は一九九一年に、ＡＸ－１を新車で購入し、以来二十六年間乗り続けている。マニアの常として、私のＡＸ－１に対する愛は深いものがあり、語り始めると止まらなくなってしまうのだが——要約すると、バブル経済絶好調の一九八七年にホンダが開発費に糸目を付けずに作り上げた「街中で最速のバイク」だ。車体が軽くて出足が良く、しかもシート後部と面一の荷台が付いていて、積載性も良い。

このＡＸ－１が、二年半の介護の間、非常に役に立った。

まず、積載性が良いので普段の買い物に使える。しかも、私の場合、玄関のすぐ横にバイクを置いていたので、何かあった時にすぐに引き出して走り出すことができた。これが急な買い物の時にとても便利だった。

介護では、急に買い物をしなくてはいけないことがある。母がトイレを詰まらせてしまってラバーカップを買いに走った時などだ。うっかりしていて、買い置きのリハビリパンツが足りないという時もあったし、料理をしていて調味料が切れているのに気がつくということもあった。そういう時に、ＡＸ－１ならば、パッと乗ってすぐに買い物に行くことができた。

自動車で行けばいい、といえばその通りなのだが、自動車の場合、時としてショッピングモールの駐車場が一杯で駐車待ちをしなくてはならなかったり、途中で渋滞にひっかかったりもする。また、バイクだと、道を読んで、すっと脇道に入っても、車体幅が狭いので往生しない。バイクでショッピングモールにやってくる人は少ないので、駐車できなくて困るということもなかった。

今や私としては「ＡＸ－１を企画し、開発した当時のホンダの皆さんに、足を向けて寝られません」という気持ちである。とはいえ、これは私が長年乗り続けて、完全にＡＸ－１に慣れているからであって、他の人であっても「ＡＸ－１のような二百五十cc単気筒バイクが良い」ということにはならない。

機動性の良い乗り物の条件は、①思い立った時にすぐに走り出せる、②いつも買い物をする店まですぐに気楽に往復することができる、③それなりの量の荷物が積める――という三点だ。家の割と近くに何でも揃うショッピングモールがあるならば、ママチャリが最良の「機動性の良い乗り物」になるだろう。地方などで近隣の道が空いていて、庭が自動車を置けるほど広く、思い立ったらすぐに自動車を出して走り出せるならば、自動車が最適の「機動性の良い乗り物」ということになるだろう。

条件によっては、軽自動車になるかもしれないし、あるいはママチャリよりも走行性能が良いクロスバイクという自転車になるかもしれない。何よりも、「必要な時にすぐに動かせて、目的地まで最短時間で行くことができる」ということが重要なのである。機動性の良い乗り物は、環境によって変化するわけだ。

ただし、その中で最大公約数的なところを求めるならば、私は百二十五ccのエンジンを持つスクーターではないかと思う。百二十五ccのバイクは、法律上は第二種原動機付自転車という分類に入り、税金も保険も安い。車体は小さくて軽く、その一方で十馬力程度のエンジン出力があるので、通常の自動車の流れに十分乗ることができる。自動車専用道を走ることはできないが、一般道での制限速度は最大で時速六十㎞で、通常の自動車と同じである。特にスクーターはシート下にヘルメットを収納するスペースを作り込んでいる。このスペースはちょっとした買い物に使える。もちろん後部座席の後ろに、ハードケースのトランクを装着すれば言うことなしだ。

現在、バイク業界には、普通免許で百二十五ccまでのバイクに乗れるようにしようとする動きがある。今のところ普通免許では五十ccの第一種原動機付自転車しか乗ることができない。その一方で、海外では普通免許で百二十五ccまでのバイクの運転を認めている国も多い。この動きの背景には、最盛期の一九八〇年代と比べると見る影もなく縮小してしまった国内バイク市場を、免許人口を増やすことで活性化したいという業界の狙いがある。

私は、今後増えること確実の老人介護という観点からも、普通免許での百二十五ccバイクの運転を認めてもいいのではないかと思う。が、自動車とバイクとではかなり操縦感覚が違うので、安全性確保のために免許切り替えにあたっては四〜五時間程度の教習所での講習を義務付けたほうがいいだろう。おそらく、こういう観点で二種原付の免許について見ている人は他にいないだろうと思うので、あえて提案する次第だ。

バイクで逃げ込むシネコンが精神を支えた

なお、私の場合、バイクは、介護真っ最中のストレス解消策としても役立ってくれた。ただし、別に夜の街を暴走したわけではない。

私の家から半径十kmで円を描くと、その中にはシネマコンプレックスが三つもある。十五kmなら四つに増える。そして、今やシネコンのチケットはネットで予約し、クレジットカードで決済することができる。介護をしている間、ちょっと時間に空きができると、すぐに私はシネコンのWebサイトを見ては、チケットを予約し、バイクでシネコンへ駆け込んだ。母がデイサービスに行ってから帰ってくるまでの時間、あるいは早めに就寝した後のレイトショーなど、チャンスがあればすかさず映画を観に行った。

十kmや十五km程度の道のりは、バイクなら何と言うこともない。公共交通機関を使うよりもずっと早く到着できるし、レイトショーの終演が終電車の後になっても問題ない。シネコンの暗闇に滑り込めば、一時間半なり二時間なりは介護の現実を忘れることができる。実際、私はこの二年半の間、これまでの人生のどの時期よりも多くの映画を観た。

バイクで逃げ込んだシネコンで観る映画は、確実に私の精神を支えてくれたのだった。

第二十二章
おまけ：昭和三十年代に母が見た日本の会社

以下は本当のおまけ。十年以上前、母がまだまだ元気な頃に聞き出した、昭和三十年代前半の、丸の内企業勤務の女子社員が見た、日本のサラリーマンの実態である。

母は、昭和三十二年（一九五七年）春に大学の英文科を卒業し、丸の内の財閥系企業に入社した……ええい、六十年以上も経っているのだから、もう実名を書いてもいいだろう。卒業したのは日本女子大学、就職したのは三菱電機である。

まったくもって申し訳ありません。以下、けっこう三菱電機の悪口が続きますが、これを読んでいる三菱電機の関係者の方は、六十年以上昔のハタチちょいの小娘が言った愚痴と思って見逃してください。

母は卒論を、十四世紀イギリスの詩人チョーサーが著した「カンタベリー物語」で書いた、と言っていた。「古英語における二人称の変遷」で講釈されたことがあるが、当然当方の頭に収まるようなものではなく、何を話してくれたかは蒸発してしまっている。

　古英語で卒論というと何かすごそうだが、どこまで身に付いたものだったのか……一度「西脇順三郎さんの授業があってね」と言い出して、びっくりしたことがある。西脇順三郎（一八九四～一九八二）――「旅人かへらず」「あむばるわりあ」などで高名な大詩人だ。イギリスに留学して英文学を研究した碩学でもある。こっちは興奮して「どんな人だった？」と尋ねたが、答えは「とっても厳格で怖い人だった」というものだった。あの西脇順三郎を目の前にして、そんな感想になるなんて……確かに真面目に勉強していたのかもしれないが、授業に知的・文学的興奮を感じていたのかどうかは分からないな、と思ったものである。

　ともあれ、大学を卒業すると、母は東京・丸の内の三菱電機本社で働き出した。就職は試験を受けたのではなく、縁故就職だった。母の母、つまり私の祖母が当時は学校教師をしており、勤務先の校長から三菱電機の会長に話がつながったのだという。本社所在地は東京都千代田区丸の内二丁目三番地の東京ビル内。現在は三菱商事ビルが建っている場所である。

　昭和三十二年、景気循環では神武景気の末期である。交通面では、路面電車の最盛期だ。昭和三十年の段階で、東京の路面電車は二百十三km、四十系統もの規模を誇っていた。

この年の一月、日本初の南極越冬を目指す西堀栄三郎隊が、南極大陸に上陸している。六月には日本飲料工業（現在の日本コカ・コーラ）が設立されてコカ・コーラの国内ボトリングを開始した。八月には日本初の原子炉である「ＪＲＲ－１」が茨城県東海村の日本原子力研究所で稼働している。十月には五千円紙幣の流通が始まった。それまでは千円紙幣が最高額紙幣だったのだ（ちなみに一万円紙幣は翌昭和三十三年に流通開始）。三島由紀夫が「美徳のよろめき」を発表し、「よろめき」が流行語になったり、プロ野球では西鉄ライオンズ投手の稲尾和久が二十連勝を記録し、「神様、仏様、稲尾様」と称されたのもこの年である。

母が配属されたのは、海外事業本部の調査部というセクションだった。そこで女性社員として与えられた仕事といえば――男性社員と来客にお茶を入れることと、職場の掃除だった。「職場の花」もいいところである。

週に何回か当番があり、朝早く会社に行って、ぞうきんを絞ってすべての机を拭く。そして、男性社員が出勤してくる前に、お茶を入れて机の上に置いておく。

「そこに座っていればいいという扱いだったわ」と母は言っていた。当然、仕事らしい仕事なんかさせてもらえない。だからといって、会社に行かないわけにはいかない。はっきり書けばヒマである。昨今のブラック企業からすれば夢のような職場とも言えるだろう。コンプライアンスは緩く、女性が差別されていた時代ならではである。

会社に文学全集を持ち込んだ母

時間をもてあました母は、会社に世界文学全集を持ち込んで読み始めた。すると、「勤務時間内になんてことをする」と叱られた。実は、この世界文学全集は今も実家に残っている。昭和二十八年から三十一年にかけて刊行された新潮社『現代世界文学全集』だ。そこで母は策を弄した。英語の小説本を持ち込んで、読み出したのだ。今度は誰も何も言わなかった。このことからすると、海外事業本部であっても、英語が使えない男性社員がかなりいたのであろう。

たまに回ってくる仕事といえば、書類を別の部署に届けるというようなお使いや、手書きによる書類の複製の作成が主だった。今ならパソコン上でファイルをコピーしてメールに添付すればおしまいだ。

人間コピー機の仕事が面白いはずがない。が、それでも仕事になっているだけましだったという。なにしろ、仕事がない時には、男性社員の求めに応じて外でタバコだのなんだのと、私物を買ってくるというようなこともあったのだから。通関に必要な書類を横浜の税関に届けるというような仕事もあった。こういう時は一日がかりの仕事となる。

会社を離れて外出するとせいせいしたという。

給料は安かった。これはかなり根に持っていたようで、母の思い出話には、時折「ケチビシ電機」という単語が挟まるぐらいだった。学生時代に親元から受けていた仕送りよりも少なかったという。男女格差もあった。調べてみると、昭和三十年の時点における大卒事務系の平均初任給は約一万三千円だった。対して、母が昭和三十一年に受け取った初任給は七千八百円ほどだったそうだ。

社内派閥に序列にこびへつらい

さて、そんな三菱電機でどんな男性社員が働いていたかというと――ここからがかつて小娘OLだった母の悪口オンパレードとなるのである。

「仕事とか接待とか言っては、毎晩会社の金で飲み食いしてね。みんな二日酔いのひどい顔してのそのそ出社してくるのよ」

直接の上司でもあった調査部長などは、いつも酒の抜けない赤ら顔をしていたという。

「朝のあいさつは『おはようございます』じゃないの。『どーも』。『昨夜はどーも』ってことね。朝になるとあっちこっちで酒臭い息を吐いて『どーも、どーも』よ」

それでもって彼らは、母ら女性社員に「これ、処理しておいて」と、領収書を渡す。

会社の金を使った飲み食いの後始末は、結局のところ女性社員がやるわけだ。どうやら、給与の安さは、男性社員に関しては、会社の金使い放題という形で事実上補塡する形となっていたのだろう。おそらくは新入り女性社員のあずかり知らないところで、飲酒以外の金も経費で落としていたと思って、まず間違いないだろう。

男性社員たちは、社内で派閥を作っていた。「あいつは誰それ派だから」というような言葉が飛び交う一方で、ボスと目される人物へのこびへつらいも横行していた。「『ぶーちょお、へっへっへぇ』というような声を聞くたびに嫌ーな気分になったわ」

一人だけ、そういった社内政治と無関係に、てきぱきと仕事を進める男性社員がいた。母はその人物にあこがれたそうだが、彼はその後、転職していったとのことである。

六十年前の三菱系企業の間には、かなり厳しいヒエラルキーがあったらしい。一番偉いのは三菱銀行と土地を管理する三菱地所、そして重工業、電機、商事と地位が下がってきたのだそうだ。同じ系列企業だから仲が良い……ということは全然なくて、むしろ階級意識とライバル意識が発生して仲が悪い。廊下や階段の途中に男性社員がたまってひそひそ話をしていれば、それは大抵三菱系企業の悪口だったという。横を通ると「○○（系列企業の名前）の野郎」というような、毒を含んだ言葉が聞こえて、これまた「嫌ーな気分になった」そうである。

金の無心に来ていた力道山

調査部には、いつも得体の知れない人物が出入りしており、部長はそんな連中が来るたびに金を渡していた。

「後で考えると総会屋とかそんな類だったんでしょうね。当時は、『ああ、妙な人たちが来ているんだなあ』と思っただけだった。お金を渡すのも、そんなものか、それが社会では当たり前なのかと感じていた」

一人だけ、記憶に残る人物がいるという。プロレスの力道山だ。

力道山は足繁(しげ)く調査部にやってきては金をもらい、代わりに後楽園ホールで開催する試合のチケットを山ほど置いていった。そのチケットは社員に配られた。当時力道山は大人気だったので、チケットを転売すれば換金できたはずだ。おそらく、そうやって闇所得を得た社員もいたのではなかろうか。母はそんなことを思いつくほど金儲けの才があったわけではなかったので、会社の同僚と後楽園へ力道山の試合を見に行った。

この話を聞いた時も、私は興奮した。あの力道山の試合を目の当たりにしたというのだから、興奮しないほうがおかしい。いつだったか、どんなものだったか、力道山と誰が闘った試合だったか、と勢い込んで尋ねたが、母の返事といえば「大の男が、ばっちーん、ばっちーんと音を立てて殴り合いしているだけで、ちっとも面白くなかった。一度見たからもういいと思って二度と行かなかった」という素っ気ないものだった。

その当時も家庭の都合などで結婚せずに会社で働き続ける女性がいたという。母はその道を選ばず、四年の勤務の後、昭和三十六年に結婚退社した。寿退社は当然のことであって、結婚後も働き続けるという選択肢は存在しなかった。

父との出会いは見合いだった。

なぜ父を選んだのかと聞くと、「会社で、上役にへいこらへいこら、米つきバッタみたいに頭を下げている情けない男ばっかり見ていたからよ。お父さんに会った時、この人なら、誰にもへいこらしそうもないと思って、それで結婚する気になったの」という返事だった。

その父はといえば、頭を下げるどころか、相手が誰であろうとバカと判断すると直接「お前はバカだ」と言ってしまうタイプであって、結婚後の母はそんな父のせいで結構苦労することになるのだが……まあそれは別の話である。

「とにかく、へーんなところだったと思うわよ」というのが、丸の内の大企業勤めを振り返る母の感想であった。

以上の話は二〇〇六年に、私が当時エルピーダメモリの社長を務めていた坂本幸雄氏をインタビューして『エルピーダは蘇った　異色の経営者坂本幸雄の挑戦』（日経ＢＰ社）という本を上梓した際に、母に行ったインタビューに基づいている。同書には「匿名丸の内ＯＬの話」としてこれとほぼ同じ文章が収録されている。今回は六十年を経たということもあり、三菱電機をはじめとしていくつかを実名にしつつその後判明した誤りを修正し、かつ当時のメモに残っていた内容をいくらか補った。

ところで……母が会社で読んでいて叱られた『現代世界文学全集』だが、その四十一巻、ノーマン・メイラー著「鹿の園」には、当時の母の給与明細書が挟まっていた。ということは、会社で読んだという小説はこれだった可能性がある。

給料袋には８２７番という社員番号が押してある。何年の五月かは分からないのだが、支給額一万二千二百十円、天引きが合計で千七百八十円。その他に前月や次月への繰り越し端数というものがあって、手取りは一万六百円。

ここで気になるのは、明細の地方税の欄に「四月五月は徴収せず」と捺印してあることだ。見つかった状況と合わせると、これはひょっとして新入社員の年の五月の給与明細ではなかろうか。すると「七千八百円ぽっちしかもらえなかった」という母の証言は勘違いということになる。

実はこの給料袋の裏には、母の文字で「Mr.yamadaから￥２０００、合計￥３００

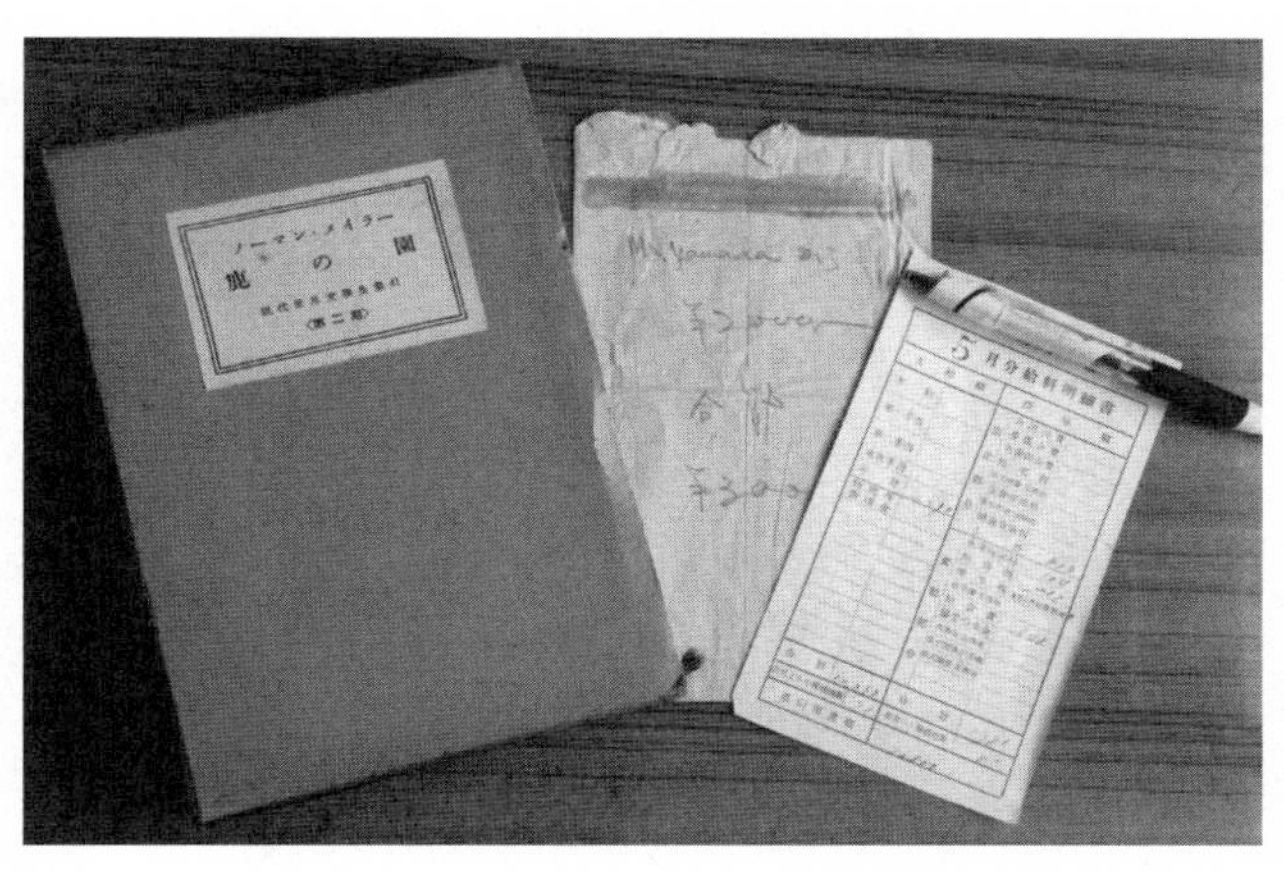

0」とメモしてあるのだ。手取り一万六百円から三千円を引くと、七千六百円……母よ、もしかしてあなた、借金をしていて、それを返したら手取りが七千六百円だった、という記憶になったということではありますまいな。それで〝ケチビシ電機〟という悪口はちょっとひどいと思うぞ。

もう本人に聞いても、「忘れちゃった」としか答えてくれないのだけれど。

後書きにかえて

子にとって父母との関係は、大変個人的なものだ。育てられる過程の様々な記憶は、すべて自分の感情に彩られている。愛であったり、心地良さであったり、うっとうしさであったり、反発であったり——父母に関する記憶は、常に自分の感情の記憶、つまり「その時自分はなにを感じていたかの記憶」と共にある。

このことが、陥穽となるのだろうか。老いて、衰えた親の介護を、「当然子供が行うべきこと」と考える人は決して少なくない。

母の介護を担当して、私は実感した。

高齢者の介護は事業だ。

感情とは切り離して、高度に社会的な事業として考えなくては、完遂は覚束ない。

地域包括支援センター、ケアマネージャー、ヘルパーの皆さん、デイサービス、ショートステイなどの様々な施設、介護用品のレンタル事業者、さらに特別養護老人ホームやグループホームなどの入居型施設——そしてそれらを支える公的介護の制度。これらなくして、高齢者介護はあり得ない。「子供が、家族が、がんばればできる」というものでは絶対にない。

「昔は家族が看取ったではないか」と言う方は、条件の変化に目が行っていないのだと思う。かつてよりもはるかに平均寿命は伸びた。高齢者人口は増えたし、核家族化も進んだ。核家族どころか、私のような単身者のまま老いを迎える者も少なくない。家族を巡る諸条件がこれだけ変わったのだから、かつてのように「高齢者の面倒は家族が最後まで見る」ということは、誰にでもできることではなくなった。

少子高齢化社会を迎えて、高齢者人口は増え、若年人口は減る。この社会環境下で、衰え、この世を去っていく高齢者を看取るという事業に必要なことはなにか。

とても単純だ。「介護の効率化」である。より少ない社会リソースで、より多くの老齢者を介護して看取るためには、介護を社会的事業としてとらえて効率化するしかない。

効率化という言葉に冷たさを感じる方もおられるだろうが、話は逆だ。高齢者に十分な介護の手が行き届くようにするには様々な社会的リソースが必要だ。その社会的リソースを担う若い世代が減少している以上、同じリソースでより多くの高齢者をきちんと介護し、幸せな生活をしてもらうための効率化が必須なのである。

最も単純で効果的な効率化は、集約だ。介護が必要な高齢者を拠点に集約し、介護の専門家に委ねる。プロの仕事は、家族のようなアマチュアの仕事よりもハイレベルで確実だ。より少ない人数で確実に質の高い介護が可能である。集約することでまとまった需要が生まれるので、様々な施設や介護支援器具も使いやすくなる。例えば、一般家庭が要介護老人用入浴器具を購入し、週に一、二回使うよりも、介護施設に入浴設備を導入して、毎日稼働させるほうが効率的だ。

家庭で過ごす場合も、家族の手をわずらわすことなく、高齢者自らが自分の身の回りのことをできるようにする技術が実現すれば、それは効率化となる。

国の経済を支え、一層成長させるという面でも、このような介護の集約と高効率化は必須だろう。労働人口の多寡は経済成長に大きな影響を与える。今後、人工知能とロボットが多くの労働を代替するようになるのはまず間違いない。しかし、現状の人工知能とロボットをどこまでも発展させたとしても、完全な人間の代替物が作れるわけではない。人間でなくてはできない仕事はずっと存在し続ける。

少子高齢化で労働人口は男女を問わず貴重なものになる。貴重な労働人口を、「介護は家庭が行うもの」と家庭での高齢者介護に縛り付ければ、それだけ日本の経済力は落ち、回り回って家庭は貧困化して、高齢者を支えられないようになる。国の制度は当てにならず、家庭は貧窮し、となればその先に来るのは――あまり考えたくないが「姥捨て山」のような高齢者の切り捨てだろう。

「そんな効率重視の冷たい介護のお世話になりたくない」と考える方もおられるだろう。だから、課題は「効率化とぬくもり」の両立だ。

ぬくもりのある介護のためには、最初に「ぬくもり」をきちんと定義する必要がある。私見だが、高齢者が必要とするぬくもりとは、「個人として尊重されること」ではないかと思う。十把一絡げで扱われるのではなく、名前を持ちそれぞれに異なる人生行路を歩んできた一個人として尊重されることだ。

現在の介護の現場では、ぬくもりの維持は介護を担当する者の努力と技量に依存している。介護される高齢者のプライドを傷つけない話し方や、自ら進んで介護されることに協力してもらえるような話の持っていき方など、高齢者に接する際のコミュニケーション技術は、かつてに比べればずいぶんと進歩した。

それに加えて、今後は「尊厳を守るための技術開発」が一層必要になるだろう。歩行や排泄を可能な限り自分で行えるようにする補助器具や、失敗した場合も大事に至らず、すぐにリカバリーできるような工夫などだ。

もちろんコミュニケーションも新規技術を利用した革新は必須だろう。現状でもコミユニケーション・ロボットの研究は進んでいるが、高速データ通信と組み合わせて、高齢者が現役だった頃と同等のコミュニケーションを、家族・友人・近隣のコミュニティと維持できるようになってほしい。

そこまで大きなことではなくても、「飲みたいと思ったときに、お気に入りのお茶を飲むことができる」というようなことも、要介護の高齢者にとってはうれしいことだ。これもまた、例えば「高齢者でも安全確実に使えるティーサーバー」のような技術で解決すべき事柄である。

高齢者が増えるということは、高齢者関連市場が拡大し、関連産業の就業者が増えるということだ。関わる人が増えれば、技術開発も工夫も高速で進むことになるだろう。政策的課題として、技術開発と普及を政府は後押しすべきではなかろうか。

もちろん技術以外の部分でもできることはいくらでもある。例えば現在の介護用ベッドは、病院のベッドのようなデザインをしており、一般家庭の部屋に設置すると違和感がある。違和感ゆえに、「ああ、ついに介護用ベッドを使うことになってしまった」と自尊心を傷つけられる高齢者もいる。今後、一般家庭に設置しても違和感がないデザインの介護用ベッドはぜひとも必要だろう。

今、私が危惧しているのは、政治と行政が、このこと――介護とは社会的な事業である――を理解せず、むしろ逆行する方向に動こうとしているように見えることだ。

保守派議員には、古い家族形態を「家族の絆が強かった」と認識し、復活させる必要があると考える者が多い。彼らは時の歯車を逆行させるべきと考えている。その中には、「介護は家族が主体となって行うべき」という考え方も含まれる。

しかし社会の変化は基本的に不可逆だ。家族を巡る条件が大きく変化したものを「昔はよかった」と元に戻そうとしても、戻るものではない。むしろ新たな歪みを発生させて事態を悪化させるであろう。

行政はといえば、主に財政的な困難から、介護の主体を予算がかからない家族へと持っていきたいようである。本書でふれたように、特別養護老人ホームへの入所資格は、要介護1から要介護3へと引き上げられた。今後同様の、介護保険制度の利用にあたってのハードル上げが続く可能性がある。

が、待ってほしい。家族が老人介護の主体になれば、介護を担当する家族は社会の経済活動への参加が難しくなる。経済活動に参加する労働人口が減れば経済は衰え、税収も増えず、財政的な困難は解決するどころか一層悪化するだろう。

社会はあちこちで関係し合っており、全体で持ちつ持たれつなのである。介護保険制度関連の財政が苦しいからと利用を制限すれば、経済活動全体がダメージを負う恐れがある。

今後の少子高齢化社会をよりよいものにするために、私たちは個人や家族ではなく、「社会全体で高齢者を介護する」ことを意識して実現していく必要がある。そのためには、きちんと日本経済を回していかねばならない。過去の家族のイメージへのノスタルジアも、介護関連限定の財政均衡も、未来には不要ではなかろうか。

と、同時に、私たちは自分がいつの日か要介護の高齢者となることを想定して、これからを生きていく必要があるだろう。そうならないように日常の生活習慣を組み立てていく必要があるだろうし、なったときには、意識して人に頼る態度というものを常日頃から覚悟しておく必要もあるだろう。

要介護となるかどうかは確率的なものだから、どんなに注意してもなるときはなる。要介護になった方やその家族を「あの人は日頃の生活態度が悪かった」とか「家族がちゃんと面倒を見ない」などと責めるべきではない。いつ自分がなってもおかしくはないのだから、お互いさまで、社会全体として要介護高齢者を支えていく必要がある。「若者が報われないのは老人が悪い」というような社会を分断する意見に、耳を貸してはいけない。

なにしろ他人事ではないのだ。老いない人も死なない人もいないのだから、いずれ全員が直面する我が事なのである。

対談

ジェーン・スー × 松浦晋也

「男性はなぜ辛いとき独りになりたがるのか問題」

面白い時代を生きてきた「人」として親を見る

——介護とは、自分を育んでくれた親との新しい関係性の構築、とも言えるかもしれません。子供にとっては、医療や生活の補助などの物理的なこと以外のさまざまな感情が、介護の中に含まれるわけです。

人気コラムニスト&ラジオパーソナリティのジェーン・スーさんは、八十歳になられたご自身の父親との〝関係再構築〟を『生きるとか死ぬとか父親とか』（新潮社、二〇一八年）で赤裸々に綴（つづ）られました。それを読んではっとしたのが、まず「そうか、父親って娘からこう見えるんだ」という驚き、そして、「独身の子供は異性の親とマン・ツー・マンで向き合うことが、今後はとても増えてくるんじゃないか」という気付きでした。松浦さんは息子と母親、スーさんは娘と父親、と対照的ですが、その難しさや、それをどう乗り越えていくのかということから、お聞きできればと思います。

松浦　何と言うんでしょうね。介護を通して、初めて「他人」としての母親と向き合ったのは間違いないです。親子って……言ってしまえば役割じゃないですか。その役割とは別のところで個人として向き合った。
僕の場合は、母と個人として向き合った時点で、彼女にはすでに認知症が始まっていました。こう言っていいかどうか分からないけど、僕の認識で言えば人としての機能の「低下」なんですね。ところが、そうなっても個人の人間としてのコアのほうは意外と衰えていない。その人らしさというか、人格の手触りみたいなところは変わらないものなんですよ。

スー　なるほど。

松浦　実はいま「あっ」と思ったんですが、僕はこの本の最後に母親の若いときの話を書いたんですけれども、なぜそれを自分が書く気になったのかが分かりました。自分でも無意識にやっていたんですけど。つまりは、一個人としての母に向き合ったからなんでしょうね。

スー　はい。そう感じました。

松浦　今、この場で気が付きました。

スー　松浦さんのお母さま、たぶんうちの父親と同世代ではないでしょうか。

松浦　うちは一九三四年、昭和九年生まれです。

スー　うちは昭和十三年生まれです。ほぼ同世代とさせていただくとすれば、同じような面白い時代を生きてきた人たちじゃないかと。

松浦　もう、うちの母から往年のことを聞き出すことはできないんですけれど、たまたま別の仕事の関係で十年前、母に当時の聞き取りをやっていたものですから、そのときのメモと記事を使って最終章に書いたんです。まだまだ書いてないことがいっぱいあるくらいですから、面白い時代だったのかもしれません。スーさんは、そういう意味ではお父さまという方を「今」という時点から探っていますよね。

スー　はい。私は子供時代に父と「親子」としての接点、例えば公園で遊んだり勉強を教えてもらったりがほとんどなかったので、母の没後に改めて父親と娘として向き合うことになりました。すると、「うちは母親がいて初めて家族として成り立っていたんだ」とひしひし感じるわけです。母を失ってから二十年が経過しましたが、二十年かけて父とふたりで家族を再構築したようなものです。本当に高をくくっていたんですよね、父も私も。「二人になっても家族のままだろう」と。でも、父と娘がそこにいるだけでは家族には成りえなかった。ただ血がつながっている二人がいるだけだったんです(笑)。

松浦さんがおっしゃったように、「親」と「子」って、どうしても親子という配役が決まってからでないと出会えないんですよね。配役を外してお互いを見た時に、個人としてどうとらえるか。親子の配役を背負ったままだと、お互いからにじみ出る人間性を客観的に評価するタイミングがまるでないんですよ。

松浦　なるほど。

スー　私は父親に対して、「親として何点か」でしか見ていなかったと気付きました。親という世間の決めた型と比べて、うちの父親は何点マイナス、という減点法で採点していた。ところが、ふと立ち止まって考えてみると父はそうではなかった。父は私に一貫して「好きに生きればいい」と言い、私が独身であることや、子供を産んでいないことを責めることはなかったんです。父は私に、いわゆる理想的な娘の型をはめてジャッジしたことがなかった。にもかかわらず、躍起になって世間の考える理想の父親像を求めていたのは私のほう。それにやっと気付きましたね。

松浦　「親」「子」という役割とは違うところで、人対人がぶつかって、初めて見えてくることがあるのかもしれませんね。

スー　そうですね。一個人として父を見て、初めて「父親と同じ時代に生きて一緒に働いていたら、結構楽しかっただろうな」とも思えました。父親という属性を外して初めて見られた個性です。嫌だ、嫌だと思いながらも似ているところがあるなと思ったり。父の生きてきた人生を聞くのは、なかなか楽しい実験みたいなところはありました。

——ちなみに、お二人とも、同性の親御さんとのご関係はいかがでしたか。

松浦　僕は父親が新聞記者なんです。僕も雑誌記者出身なので仕事は同じなんだけれども、父は人文系、私は理系で、絶妙に接点がない。そうすると軋轢（あつれき）がないんです。話が合って軋轢がないという状態だったので、父とはそんなに僕はもめたことがなかったんですね。

スー　なるほど。

松浦　むしろ、同業の先輩として父の話す経験談や思考法を結構活用させてもらったと思っています。

スー　私も母とは、思春期ならではの反抗はありましたけど、それが終わってほどなく、私が社会人になってすぐに亡くなったので、軋轢が生まれる暇はありませんでした。いなくなってしまったので、その後に関係性が変わり、母が「毒親」のような存在になったかどうか、それも分かりません。

――以前インタビューで、スーさんの家庭はお母さまが教祖の、すごく小さい宗教みたいになっていたとおっしゃっていて、印象的でした。

スー　ちょうど具合がいいんですよね。父と私、信者がたった二人だけの小さい宗教。父と私にとってはそこだけがよりどころで、仲たがいしても最終的には教義に帰ってきて「また明日も生きていこう」となる。亡くなった母を都合よく美化しているところもあるとは思いますが、父と私にとっては大切な信条です。

独身者による介護は辛いか？

――松浦さんの『母さん、ごめん。』は、「独身者の介護」の実録でもあります。親と一対一の介護というのは、たぶんどの独身者もこれから背負っていかなきゃいけないテーマになるのかなと思うんですが。

スー　その点に関して、私はいまのところ自分が独身でよかったなと思います。結婚して配偶者や子供がいたら自分の家族が優先されるでしょう。たとえメインの稼ぎ手が私だったとしても、自分の親に好きな時に好きなだけ時間を割いたり金銭的援助をしたりはできなかったでしょうし。

松浦さんのご著書を拝読していて、銀行口座の預金残高がどんどん減っていく場面では「大変な思いをされたんだな」と胸が痛んだのと同時に、僭越ながら「松浦さんにご自分の家族がいなくてよかったのかもしれない」とも思ったんです。お子さんがいて、教育費がかさむ時期と介護が重なったとしたら、お母さまのことを考えての家の改装は難しかったかもしれません。介護の担い手が足りないなど不都合もあるとは思いますが、公的支援を上手に利用できれば、考えようによっては独身者は気持ち的には楽なのかもしれないな、と。お金の問題が解決できれば、という前提はありますが。

松浦　独身に限らず、僕は介護って実は七割から八割ぐらい、経済問題だと理解しています。

スー　昔のドラマになぞらえて「同情するなら金をくれ」と書いていらっしゃいましたものね。

松浦　ひどい言い方ですけど、お金があれば何とかなるみたいなところが絶対にあります。そうなると、独身が極端に不利、不遇、とも言いにくいかなと。もちろんすべてじゃないですが。

スー　松浦さんも私も、異性の親と密接にかかわる時間をたっぷり持てています。これは運が良いことだとも思うんです。両親ともに健在だったり、自分に配偶者がいたりしたらここまでの時間は共有できなかったかもしれない。しかも、松浦さんの場合は介護を通してご自身のできることがいくつも増えていらっしゃる。素晴らしいです。

松浦　（笑）

スー　いいことばかりではないけれど、ボーナスポイントもあると思います。松浦さんはお母さまの好き嫌いなどご著書にすべて書いていらっしゃるけれど、それを知らないまま親と別れる人も少なくないと思います。私は、父と向き合って父のことをたくさん知ることができました。母が他界していたからこそ知りえたことばかりです。

と、独身で親の面倒を見るのは大変だと思われがちですが、意外と〝おいしい〟ところもある。どんな状況にもいいところと悪いところがあるので、ご家族がいるほうが不利というわけではありませんが、同時に、独身者であることとか、片方の親しか残っていないことが損ばかりでもないな、と思います。

松浦　ただ、煮詰まるんですよね。

スー　ああ、それはそうですね。

松浦　特にうちの母は認知症が急速に進行したものですから、家の中でずっと向き合っていると、精神的に引っ張られるんですよ。ここら辺（と、頭の後ろに手をやる）からちゅーっと自分の生気を吸い取られるような感覚があって。

スー　そうでいらっしゃったんですね。

松浦　そのときに「外側」があると……この場合例えば家族ですね、それがあったらおそらくもうちょっと耐えられたんじゃないかなと思います。もしも、社会的支援の受け方を知らないままだったなら、そのまま一人で穴に落ち込んでいた可能性もあるわけですし。例えば、衰える母がいる一方で、育つ子供がいれば、気持ちの上では抵抗力につながるのかもしれない。しかもうちは、母に引っ張られたのみならず、実は母が飼った犬もいまして、この犬が今ちょうどかなりの高齢で。

スー　ワンちゃんの介護もしていらっしゃるんですね。

松浦　はい、またしても自宅介護状態なんです、今。

男性は、辛いときに独りになりたがる

スー　『母さん、ごめん。』を読んでいると、前半では松浦さんが日々の生活にとてもストレスを感じていらっしゃるのが手に取るように分かるんですけど、後半どんどん、ちょっとギャグめいてくるというか、何かのタイミングでこの状況に腹をくくられたんだな、というのが分かって、そこからどんどん楽しく読めるようになってきました。大変なのは重々……重々承知とは、認知症の親を介護したことのない私には言えませんが、ただ何かあるタイミングから、「これも人生」と達観するフェーズに移行されたんだなと分かって。読んでいてほっとしました。光が差していました。介護というしんどい日々にも、やり続けていればたぶん大気圏を抜けるタイミングというのがあるんだなと。

松浦　ああ、そう思われましたか。実はあまりそういう意識はなかったんですが。

スー　「どんどん何かが欠けていく、崩れていく」という恐怖と背中合わせの文章を書いていらっしゃると思いながら読んでいましたが、あるときから、はいはい、もううちはこれがデフォルト（初期設定）。はい、また一つ（できることが）減りました、じゃあ、次どうしましょう、と文章が明るくなっていらっしゃった。そこに希望を見ました。

松浦　たぶんそう読めたとしたら、さっき触れた「外部」が入ったことです。特にヘル

パーさんが家に入って一日一時間なりやってくれるようになると、そこのところで外との情報的なつながりができるんですよね。

スー　そうですよね。

松浦　それはものすごく大きい。この本を出してから対談や取材を受けた中でよく言われるのは、女性の方は身近に必ず息抜きの場をつくるんだけど、男性で介護をする人はこれができずに、煮詰まる人が結構多いということです。家族がなくても、外部と接していく方法はあるのに、どうも男性はそれが苦手ということらしい。

スー　五十代とか四十代、私と同世代ぐらいから上の男性で、これはちょっとどこかのタイミングで何とかしないとマズイのでは？　と感じたことがいくつかありました。その世代の男性は、幼少期に炊事や洗濯や掃除、つまり家事全般を上手に執り行うことに対して周囲からほとんど期待されないまま育っているのではないでしょうか。よくも悪くも女性はその手の期待をされてきて、上手下手はあるんですけど、家事に対して抵抗が少ないとも言える。男性の場合は、介護のタイミングでほぼ初めて家事をやるという方もたくさんいらっしゃるでしょう。松浦さんは最初から比較的お料理ができたほうだと思うんですけど、あのレベルからいきなりできない人はたくさんいるかと。そうなると、必要となる前に料理を練習しておいたほうがいいでしょうし、洗濯、掃除を効率よくやる方法を意識するとかもそうですね。

そうそう、松浦さんは、「煮詰まったらバイクに乗って映画館」と書かれていました。あれを読んだときに、「あ、男の人はやっぱり辛(つら)いとき独りになりたがるんだな」と思って。もちろん、これも個人によるとは思いますが。

松浦　（驚いた様子で）……そうですね。それはそうです。今言われて初めて気が付きました。人に話しに行って愚痴を言うんじゃなくて、外部を切り離したくなっちゃう。

スー　私が同じ状況に陥ったら、ばんばん友達を呼んで、ぎゃんぎゃんしゃべっていたと思います。そこでいろいろな情報が入ってきて、井戸端会議の中で「うちのおばあちゃんの時はこうしたよ」とか、たぶん話すんですよ。これも拙著には書きましたが、うちは実家を撤収するときに全部友達に手伝ってもらっていますし、友達にずいぶん助けられました。

　突き詰めていくと、「男の子なんだから泣いちゃだめ」というような、子供のころからの呪縛が男性にもある。人前で、素面(しらふ)で、弱音が吐きづらい。弱っているところを人に見せるのは恥だとか、ぐちぐち言っている男は情けないという男性に掛かりがちな社会圧を変えていかないといけないのではないかと思いました。男同士で介護にまつわる愚痴を言い合ったり、情報交換したりが抵抗なくできる社会にしていかなきゃいけないな、と。

——松浦さんとは宇宙関連の連載を担当させていただいていたんですけど、介護のことは一言もおっしゃらなかった。お母様が施設に入られた後、初めて「今まで実は」と言われて、びっくり仰天して。じゃあ、それを書いてくださいとお願いしたのが『母さん、ごめん。』のもととなった、Ｗｅｂ連載なんです。

松浦　書いてくださいと言われて驚いた（笑）。記事になるとは思ってもいなかったので。

スー　よかったですね（笑）。

――そのとき松浦さんに「なぜ今まで私に教えてくださらなかったんですか」とお聞きしたら、「だって言っても何も変わらないだろう」と。

スー　そうそう。男性からよく聞く台詞（せりふ）です。でも、人に話すだけで変わることもある。会話って、すべてが当意即妙に解決策を出さなきゃいけないものでもないと思うんです。相手に解決できないこと、解決してほしくないことは話すべきではないという思い込みが強い男性にもよく出会いますが、無駄話の中からヒントをもらえたりとか、情報をもらえたりということはとても多い。私たち無駄話のプロは、それを確信しております（笑）。

とはいえ、時代も変化しています。三十代だと、同じ幼稚園や小学校に通うお子さんをお持ちのお父さんたちが、パパ会をやっていらっしゃったりするんですよ。問題は、私たちの世代ですよね。これから親の介護に直面していく世代。松浦さんのように、知らない人たち（ヘルパーさん）が入れ代わり立ち代わり家に入ってくる環境に順応できる人ばかりとも限らないですし。

松浦　その話、以前対談させていただいた、ＮＨＫで介護殺人の番組を作ったディレクターの方がまさにしていました。男性が多いそうですが、ひとりで悩んで苦しんで、結局もう話すことを拒んじゃう人がいる、と。公的介護の立場でその人を支援する方が、コミュニケーションの糸口をつくるのにものすごく苦労するんだそうです。

スー　コミュニケーション能力は後からも培えるものだと思います。

松浦　そうなんです。それに、実はたぶんそんなに難しくないんだと思うんです。変な言い方ですが、実はコミュニケーション能力の中には「人の話を聞かずに自分がしゃべる能力」というのがあるんじゃないでしょうか。九十九歳まで生きた私の祖母は、晩年、女学生時代からの友達がそこそこ近くに住んでいました。二人とも九十歳後半まで、ぽちぽち会っていましたが、片方は耳が遠くなって、たまに相手の耳に口をつけて話していたりして。これ、もう会話の意味が通じているんだか通じてないんだか分からない。

スー　言いたいことを言っているだけと。それ、私は十五歳ぐらいからずっとそうですよ。それもコミュニケーションの楽しさの一つです。

松浦　そう、会ったあとはなんだか楽しそうな顔をしている。

スー　そうそう。楽しいんです。お互い、相手の話は聞いてないですけどね（笑）。

家庭内分業はトラブルに非常に脆弱なのだ

――介護は、家事を含めた「日常」との戦いとも言えますよね。松浦さんも本の中で「介護の話に見えて、これでは家事に弱音を吐いているようで、主婦の方に怒られそうだ」といったことを書いていて。

松浦　料理にしても、自分で作ったものを「まずい」と思いながら食っていました。

スー　私はラジオで「ジェーン・スー　生活は踊る」（ＴＢＳラジオ）という生活情報番組のパーソナリティをやっているんですが、番組を通して、中高年の男性は女性に比べて生活情報にリーチしづらい環境に生きているのかもしれないと思いました。例えば「生ごみを捨てるときにこうやると臭くないよ」とか、取るに足らないと思われがちなことです。でも介護で親と同居をするとなると、そういったことが結構肝になってくるじゃないですか。

――そうですね。生活そのものの質や、かかる時間を左右するノウハウですものね。

スー　松浦さんが、そういうノウハウを一つ一つ宝を掘り当てるように探ってやっていく様子を読ませていただいて、「うわっ、これは大変だったろうな」と思って。

松浦　男性の側が生活情報から切り離されたのは、たぶんそんなに古いことじゃないような気もするんです。例えば、山に入る猟師は、山中で自活ができることが仕事の条件ですよね。

スー　なるほど。

松浦　男性にとっても、家事と生活と仕事が強く結びついていた時代がかつてはあったわけです。映画で、離婚したお父さんが子供を育てる「クレイマー、クレイマー」（一九七九年）というのがありました。あの中でもやっぱりお父さんが、ものすごく生活情報がなくて苦労するシーンがあるんですけど、あれが一九七〇年代ですから、やっぱりサラリーマンが増えた結果なんでしょうか。

スー　どこかのタイミングで、「生活なんて〝取るに足らない〟ことは、自分たちのやることではない」というふうに思い込まされてきちゃったんでしょうね。

松浦　お金は自分が稼いでくる。だから生活は奥さんに全部負担してもらう。そういうライフスタイルは、効率がいいと思われてきたけれど、前提が崩れると大変なことになる。

スー　理想を言ってしまうと、仕事も家事も、男女両方ともそこそこできる、という状態が一番いいと思います。時期によって役割が変わっていくことも可能な形。

松浦　そう考えると「ものすごく会社に一途（いちず）」って生活態度は非常にまずいと思います。

スー　「生活は踊る」のスタッフ間で共有しているテーマの一つに、「ルーティンをわくわくに」というのがあるんです。繰り返しの生活をエンジョイしていくためには、効率化もそうですけど、ちょっとでもわくわくするような方向にもって行けるか否かが重要になってくるので。松浦さんの本を読んで改めてそう思いました。

――最近は介護離職の問題もありますが、これって、基本的にはさきほどの「会社一途」では育児も介護も無理だよ、というお話ではないかと。

松浦　それはその通り。介護する人がこれから増えてくるとしたら、それに合わせて働き方自体が変わらなくちゃいけないと思っています。僕の妹は今ドイツ在住で、現地企業に勤務しつつ子育てしています。去年（二〇一七年）の十一月に暇を見つけて彼女のところに遊びに行ったら、もう完全に在宅勤務がルーティンとして組み込まれていて、「今日は子供が熱を出したから」と家でネットワークを介して働いていました。それで完全に出勤したのと同等の状態になっている。朝会社に行って始業、というのが必須ではない。テレワークに適した職はいっぱいあるわけで。

スー　そうですよね。

松浦　そういうものをもっと取り入れなくちゃいけない。

スー　いままでは、会社にいることが誠意と思われてしまう時代でしたものね。

松浦　そうそう。

スー　そこを変えていかないと、もう物理的に無理です。介護は当然、妻が手伝ってくれると考える人もいるかと思いますが、実際には難しいかもしれません。

松浦　少なくとも、相談もしないうちから「介護の戦力」と奥さんをカウントするのは危険でしょう。

スー　そうですよね。松浦さんの本を読んで「これが介護だ」と知ってほしい。自分の妻に一手に引き受けさせていいのか？　と。

――読者の皆さんからの、はがきやＷｅｂのコメント欄の熱量と数がすごいんです。特に女性からは、「先に夫に読ませておかないと」とか、「夫の親の介護で大変でした」といった感想や体験談をすごくたくさんいただきます。

スー　そうなんですね。生活情報に上手にリーチできることが、身近な人や自分のクオリティ・オブ・ライフを左右するとさきほど言いましたが、そこが分かっていないと、たぶん、介護が文字通り「人ごと」になっちゃうんだろうなと思います。手を出したくても出せない。やり方を知らないから。

　私は末期がんの母親の介護しかしていないので認知症の介護とはまた異なりますが、松浦さんもおっしゃった通り、介護や看病って、生きるパワーが吸い取られていくんですよね。それは身に染みて理解しています。

松浦　そうなんです。通常の仕事とはそこが違う。

スー　あの負荷は、やっぱり一人だけではなかなか難しいものがあると思うんですけど、家族がいる人でも、その家族が「いや、それは俺の仕事じゃないし」という感じになっちゃうと……ちょっときついだろうなと。

松浦　サラリーマンモデルというか、戦後の日本には家庭内セクショナリズムみたいなものがあって、女性からしても何か都合がよかったところがあるのかもしれません。

スー　そうでしょうね。

松浦　例えば、「台所は自分のテリトリー」と。そういう区別がはっきりしたから安定したということは言えるかもしれない。でも……。

スー　役割分担自体は、双方が納得していればいいと思います。でも、非常時にどう対応するか。手が足りなくなってやり方の分からないラインについたら、工場の作業工程がすべて崩れてしまった、というようなことになりかねない。そう考えると、スペシャリストというよりゼネラリストのほうが、もしかしたら家族はうまく回る。

松浦　分業って楽なんですよ。

スー　そうなんですよね、役割分担すると。

松浦　本当は、分業ができるのはもっと大きなシステム、例えば会社ぐらいの人数がいるとかなり成り立つんですけど、家庭内で分業を成立させるのは、継続性を考えると実はかなり難しい事業なんじゃないか。家族って二人とか三人、多くても五人、六人。せいぜいそのレベルですから、そこで何かの理由で一人欠ければ、家庭内分業は破綻するんですよね。

スー しかも家族の数はどんどん減ってきているわけですから。

松浦 ということは、通常から家庭内分業で回していくのは、介護のような有事を考えるとあんまり賢くないのかもしれない。でも会社というか、社会というかが家庭内分業を前提に回っているから、みんな分業で対応せざるを得ない。本当は、介護が始まる前から家庭内分業の是非をきちんと考えて対応を考えておくべきなんでしょう。介護は突然始まって、始まってしまえば最中はもう必死ですからね。

スー 本当に大変でいらっしゃったんだろうなと、読みながら思いました。さきほど出た「人に話す」こともそうですが、「人に頼る」ことも、多くの男性は練習しておいたほうがいいのかもしれません。

——人に頼る練習。それはまさにスーさんの本に出てくるお父さまですね。

スー そう、うちの父親はそれがとても上手で、「人に頼る技術」の講師か何かやったほうがいいと思うんですよ（笑）。

松浦 どういうところがお上手なんでしょうか。

スー 父はてらいなく、気取りなく人に頼れるんです。だから娘にも素直に頼ってくる。でも、おおよその男性にはなかなかそれをよしとしない文化があるじゃないですか。

松浦 そうですね。

スー うちの父が生き延びている理由は、人に頼ることに対して屈託がないからという一点だと思いますよ。すっかりかんになっても、これだけ楽しそうにやれているのは。さわやかな笑顔で、「お金がない」と言ってきて。

松浦　本心から、屈託がない方なんですね。

スー　まったく屈託ないです。おいしいものが食べたければ「おなかがすきました」というＬＩＮＥが来ます（笑）。

介護する男性に「井戸端会議」って超重要な件

——こうしてお聞きしていると、親と自分がお互いに年を取って、生活の面倒を見たり、あるいは介護をしたりすることで、一人の人間として親を見る関係になっていく。そこをどう受け止めるかが、親が老いてきた子供にとっての課題になるんでしょうね。『生きるとか死ぬとか父親とか』も、『母さん、ごめん。』も、そういう読み方ができるかもしれません。

スー　そうですね。「親子といえども他者である」ということは強く感じています。あと、やはり親には親になる前の人生があり、親になってからも親以外の顔があるということ。その尊重はだいぶできるようになったとは思います。

——それは、スーさんご本人にとっては負担になることなのでしょうか。

スー　親に対して過度な期待がなくなるので、そこは楽になりますよ。松浦さんのご家族と私の家族を一緒にしていいのか分かりませんが、どちらの親も、ある種「親を降りた」状態ではないかと。うちは世間一般の考える家父長制の父親像みたいなものから降りているし、松浦さんのお母さまも役割から降りざるを得なかったというところがあって、そこで自分に初めて見えてきた景色は、意外と悪くなかったなと私は個人的には思いました。

――松浦さん、どうでした？

松浦　まあ、そうです。

――意外と悪くなかったということですか。

松浦　悪くなかったというか、少なくとも僕が成人してからは、母は基本的に何も言わなかったです。「親としての顔」を見せていたのは、こちらが二十歳そこそこぐらいまででした。それはよかったです。

ああ、むしろ逆かもしれません。最初に、介護に入ってから初めて一個人として向き合ったと言いましたが、「この人は確かに自分の母親だ」と意識したのも、衰えてしまった後からでした。客観視したことで、同時に「母」として意識した部分もありました。

スー　なるほど。そこはうちと逆なのかもしれません。

松浦　他人だと思ったところから、逆説的に母の顔が立ち現れるし、同時に「これが母親だ」と意識したときに、他人としての人生が立ち現れてくるんです。古いアルバムをひっくり返すと、女学生時代の母親の写真とか出てくるわけですよ。それを見ると、明らかに自分の知らない――将来自分が、私の父と結婚して私が生まれることが分かっていない――若い娘が写っているわけです。それとちょっと似ています。古い娘時代のメモとか出てくると、ちょっと公開できない、あっ、これは見ちゃいかん、みたいなのが出てきたりね。

スー　書き物を残していらっしゃったんですね。

松浦　はい。私の母は、アメリカにあこがれていたから、海外と文通していたんですね。そうすると文通相手の、例えばアメリカの若い娘さんの写真とか出てきたりして。

スー　ああ、その方は今どうしているんだろうな、とか。

松浦　そう。いろいろ考えちゃいます。やっぱり自分とは違う他人の人生なんですよね。

スー　そうですよね。親の責務みたいなものから逃してあげるというか、親を、入っている籠から出してあげるのも中高年の子供の仕事の一つなのかもしれないですね。

松浦　子供としてできることは、たぶん、心配させないとかそういう話なんだろうと思うところですが。

スー　親は親で何があっても子供のことを心配しているから、どうしようもないんですけれども（笑）。と同時に、親としての役割から降りてわがままを言ったり、理不尽なことをやったりしても、こちらは目をつぶるというか。

松浦　なるほど（笑）。

スー　介護のお話にせよ、親子関係にせよ、本当に千差万別で、なにが正解かは断言できない。松浦さんや私とは全然違うおうちもたくさんあるだろうし。異性の親とのほうが仲が悪いというおうちもあるし、逆に付き合いやすいというおうちもあると思います。

松浦　本でも「自分の体験は介護の一つのケースでしかない」と書きましたが、家族や家庭については何か一つが一般解というのが言えないんです。

スー　「一般解がないことが暫定的結論」としか言えないですね。やはり自分で自分なりの正解を見つけていくしかない。適宜修正していく「正解」です。

松浦　そんな中からでも、何か法則みたいなものはあるみたいです。というのも、この本の読者コメントで一番多いのは、「自分もこうだった」という、介護経験者の方の声なんです。ひょっとすると、介護が始まると、そういった種々ばらばらなものがある範囲に収斂（しゅうれん）していってしまうのかもしれない。

実は僕自身は、この本はむしろこれから介護に直面する人に読んでもらって、これから大変ですよ、でもこれを知っておくとちょっと楽かもしれませんよ、というつもりで書いたんです。けれども、実際は「自分の介護体験も同じだった」と感じて下さる方が多い。そこにあるのは安堵の感情なんです。つまり「自分だけじゃなかった」。

スー　驚きました。それはまったく(『生きるとか死ぬとか父親とか』の反響と)一緒です。本の感想というより「うちはこうだ」という話ばかりが寄せられてきたんですよ。

松浦　自分の体験談が書いてある。

スー　そうです。うちの父親はこうだったとか、うちは母親がこうでとか、寄せられた声のほとんどが読者の方の体験談でした。松浦さんの本も私の本も、どちらも非常に個人的なことが書かれていますが、一般化できない個人的な事柄の極致までいくと、それを読んだ人は自分の話を共有したくなるのだな、と。

松浦　なるほど。

スー　「一般化して最大公約数を見つけること」が、もっとも誰かの役に立つことだと思いがちですが、きっとそうじゃないんでしょう。「なんだ、うちよりひどいの、いたじゃん」とか、「なんだ、うちも同じだったよ」と感じることが、つらいと感じている人や不安な人を落ち着かせるのでしょうし、そうなると、みんな自分のことをしゃべりはじめる。Twitterでもそうでした。『生きると死ぬとか父親とか』のハッシュタグを付けてつぶやいてくれる人はほとんど、みんな自分の家族の話をしていました。今まで書いたどの本でも、こういうリアクションはありませんでした。

――これまでのスーさんの本とは読まれ方が違うんですね。

スー　違いますね。サイン会やトークイベントに行っても、質問コーナーで「うちの父はこうでした」と話す方が必ず一人はいらっしゃいます。自分の親のことって、話す機会がないんでしょうね。親は完璧な太陽のような存在であるべき、という前提が社会で共有されているので、そこで「うちの親はひどくて」というお話ってあんまりできないんですよ。松浦さんのご本がたくさんの方に読まれて、その方たちが自分の話をしたくなっているのは、同じようにみんな、自分の介護の話をしてこなかった、できなかったからだろうな、と。

松浦　それともう一つ、家庭のない人というのはそんなにいませんね。

スー　なるほど。

松浦　家庭という存在は普遍なんだけど、個別のケースは極めてそれぞれ別々なものだという特徴があるから「うちはこうだ」という差異や同一の点が気になる。少なくとも私がこれまで書いてきた宇宙の本、衛星の本に対して、「うちの人工衛星はこうだった」と言ってくる人はいませんから。

スー　そうですよね。確かに、おっしゃる通り。「俺の宇宙はこうだ」と言われても「知らんがな」という話ですものね。読者の方は、他の人の感想を読むことで救われる部分もあるのかもしれない。みんないろいろな思いを抱えて家族をやっているんだ、と感じます。

松浦　その意味では私たちの本は社会的な……どう言えばいいのでしょうか、いわゆる

「女性のおしゃべり」、井戸端会議的な機能を社会的に実装した、ようなもの？

スー　そうかもしれません。自分の話だけしかしてないですから、お互いに。つまり、完全に一方通行な雑談をしているのと同じですもんね。だからこそ、「超個人的なことを詳らかにする」ってすごく大事なんだと思います。松浦さんのご著書も拙著も、読者の方がご自身の感想を送ってくださるのは、「こちらが胸襟を開けば向こうも開いてくる」証左ですし、胸襟を開き合った先には、今日を乗り越える生活の知恵が見えてくるんだと思います。

――最初におっしゃっていた、四方山話から生活の知恵が共有されていくお話ですね。これ、スーさんのラジオ番組そのもののようですね。

スー　『母さん、ごめん。』には、お母さまが（使用後の）リハビリパンツを勝手口の土間に置いておく。翌朝、その臭いがなかなかきつい、というエピソードがありました。読んだときに、この手の相談をする相手はなかなかいらっしゃらないだろうなと思いました。仮に、仲のいい友達がいたとしても、それこそ「うちの彼氏がさ」「うちの夫がさ」といった話ができる、何でも話せる女友達がいたとしても、親の介護の話を共有するのは、そこからもう一つハードルが高いことだと。だからこそ、情報を共有しないとどうにもならんというか。みんなの英知が集まってこないと解決できないと思うんです。

たまたま私は……実際に役に立つか分からないので差し出がましい話ですが、この場面を読んだときに、ラジオ番組の生活情報で、「おむつのにおいが絶対に漏れないビニール袋」を紹介したのを思い出したんです。ああ、松浦さんのことをもっと前に知っていたら絶対「これ、使ってみたらどうでしょう」と言えたのに、と思って。

松浦　それは知りませんでした。

スー　たしか、夏の生ごみ対策の話の中で出てきたんです。いろいろなビニール袋に生ごみを入れて、どれが臭い、臭くないとレポートするコーナーをやりまして（笑）。

——やっぱり場が必要ですよね。今回は書いた本が場になったというか、みんなが接続できる、いい感じのハブになったのかなと。

松浦　それはそうですね。

スー　生活情報って、大元の人がハブになるのが一番いいんですよ。大元の人が大上段から新しい生活情報を民に授ける必要はまったくない。場を作ってハブになることが大事。ラジオ番組ではそれを目標にしてます。同じように、独身者の介護経験者が集まる場があったら助かりますよね。意見交換や体験談を共有する場があれば、家族と同じように機能するんじゃないかな。

松浦　確かに。これも本にありますが、うっかり洗濯機の中に紙おむつを入れてしまって、吸水性のポリマーが散らばっちゃって大変だったんです。

——赤ちゃんがいる家ならあるある話ですね。

松浦　後で、塩を入れると溶けるという話を聞いて、あ、しまったと。今は需要がないのでほったらかしにしていますけど、自分でも実験せなあかんと思ってます。

——実験するんですか。

松浦　いや、だって話を聞いただけじゃ信用できない。まず自分でやってみないと。

スー　そうですよね。『母さん、ごめん。』では、松浦さんが現状を冷静に観察、分析しどんどん効率化を図っていく部分と、「ソフトの温かみ」をもっと重要視して効率化と同時に行わなければいけない、というご指摘に感銘を受けました。私のラジオ番組にも、いつか来ていただきたいです。生活情報番組なので、かなり畑違いだとは思いますが(笑)。「スーさん、母親のブラジャーのサイズは知っておいたほうがいいよ」という第一声でよければ、ぜひご登場ください。そういうのは、ソフト的にはすごく大事なことなんですよね。『母さん、ごめん。』を読んではっとしたんです。「あ、そうか」と。私は父親の下着は分かる。なぜなら、男性の下着ってシンプルだから。だけど、「そうか、息子は母親の下着が分からないんだ」と。

松浦　しかも本人申告は当てにならんのです。

スー　そうですね。

松浦　僕は妹に母の肌着を通信販売で買ってもらったんですけど、「本人はMと言っているけど、私の見たところLだからLを送ったわ」と言われたんです。

スー　女の自己申告サイズはあてになりませんね（笑）。

松浦　いまだによく分からない、正直言って。夏と冬で違ったりするし（笑）。

スー　やはり「場」が必要ですね。「下着」で検索すれば「こういうのがいいですよ」とすぐ出てくる。そういうハブを作っておかねば。個人差はあっても、参考にはなります。

松浦　すごく有意義だと思います、本当に。今日はありがとうございました。

スー　こちらこそありがとうございました。

（二〇一八年七月収録）

司会・構成／「日経ビジネス」編集部　山中浩之

ジェーン・スー

一九七三年、東京生まれの日本人。作詞家、コラムニスト、ラジオパーソナリティ。二〇一五年『貴様いつまで女子でいるつもりだ問題』で第三十一回講談社エッセイ賞を受賞。他の著書に『私たちがプロポーズされないのには、101の理由があってだな』『女の甲冑、着たり脱いだり毎日が戦なり。』『これでもいいのだ』『女のお悩み動物園』などがある。

文庫版後書き

現在進行形の事柄は、なかなか文章にするのが難しい。

母の認知症を意識した二〇一四年七月から七年四カ月、現在のグループホームに入居した二〇一七年一月から四年九カ月、この本を日経BP社から上梓した二〇一七年八月から四年三カ月が経過した。執筆時に要介護3だった母は、要介護5となり、医師から「看取りの段階です」と宣告されて、介護ベッドに身を横たえている。文庫版出版の時点で生きているかどうかは分からない。

衰えゆく母と並走しつつ日々感じているのは、今の日本社会に野火のように広がる「自己責任」そして「自助」という言葉が抱える欺瞞だ。

老いるのは自己責任か、といえばそうではない。それは自然の摂理だ。では老いて認知症を患うのは自己責任か。これも違う。生活の中の認知症の危険因子は確かにあるが、認知症を患うか否かは基本的に確率だ。偶然である。

それでは老いと認知症の準備を若い時から行わないのは自己責任か。これも違う。人生というものはそんなに単純ではない。意志があればなんでもできるというものではない。早い話、若い頃から老いた自分の身を実感を持って想像できる者はさほど多くない。老いと認知症への準備には資金が必須だが、では、十分な資金的余裕を作れないのは自己責任か。

これまたまったくの間違いだ。誰もが十分以上の能力を持つわけではない。誰もが努力できるわけでもない。努力できる環境を得られるかどうかすら偶然に左右される。さらには能力と努力が合わされば必ず社会的に成功するとも限らない。

人間の認知というものは、基本的に因果関係に依(よ)っている。「原因があるから結果がある」と考えがちだ。「能力があって自覚があるから行動して良い結果を得られる」、さらには「能力があって努力したのだから成功は正当な結果だ」となり、今度は論理がひっくり返って「能力がない者は一層の努力をしろ。努力をしない者が困ってもそれは自業自得だ」と、社会の分断を促す言説へと簡単に傾倒するようになる。

ところが現実の世界、現実の社会は因果関係よりもずっと強く確率が支配している。大抵のことは偶然だと考えてもよいぐらいだ。社会の中で一定の確率で成功する者と失敗する者がでる。誰が成功して誰が失敗するかは、能力や努力以上に偶然が左右する。

だからこそ人間は社会を形成してお互いに助け合う。社会を形成する根源的合理的理由は、理不尽な偶然に対抗して、社会を構成する一人ひとりを保護するためだ。社会が成熟し、科学技術が進歩するほどに保護できる領域は増えていく。

「自己責任」とか「自助」という言葉は一見美しい。自分の事は自分でする——成長の過程で何もできなかった赤ん坊が少しずつできることを増やして、ついに自立した成人に至ることを考えれば、大変正しい考え方に思える。

しかし、その自立した成人を待ち受けるのは、偶然が支配する世界だ。そこで起きるなにもかもを、「自己責任」であり「自助」で切り抜けろというのは、そもそも社会というものの存在理由を否定するということでもある。

人生には様々な波風が押し寄せる。そこで起きる大抵の不幸を社会で引き受けることができ、個人にのしかかる苦痛を小さくできるのが、良い社会だ。苦痛をより小さくできるのが、より良い社会である。

そう考えると「自己責任」と「自助」とは個人の心構えにのみ通用する言葉であって、間違っても社会の側・公の側が「自己責任」「自助」と個人に呼びかけ、強制するべきものではないことが分かる。まして社会制度的に「自己責任」「自助」を個人に強制するべきではない。

老いるのは生物としての人の必然だ。老いた者の中から確率的に認知症を患う者が発生する。それは確率だから発症した個人を「自己責任だ」と責めるべきではないし、「親なら子が面倒を見るのは当然」「家族が面倒を見るのは当然」と個人に介護の苦難を押しつけるべきでもない。それは社会の有り様としてまったく美しくない。

私達はそれを社会全体で受け止めて、個々人の苦痛を最小にする社会を構築する必要がある。「自己責任」「自助」という言説に引っかかることなく、より一層個々人の人生の苦痛を全体として受け止めてくれる社会を志向すべきなのである。

本は著者と編集者の共同作品でもある。最初の「日経ビジネス電子版」での連載と単行本化では日経ＢＰの山中浩之さんにひとかたならぬお世話になった。そもそも、私の個人的な体験を、山中さんが「それ、書きましょう」と即決してくれたことから、この本は始まっている。

今回の文庫への収録は、集英社の栗原清香さんの尽力あって成った。

お二方には本当に感謝いたします。

この他、校正から装丁、販売に至るまで、多くの人の仕事の上に本は成立している。皆様に御礼申し上げる次第だ。

二〇二一年十一月、新型コロナウイルスによるパンデミック、その中休みにて

松浦晋也

本書は、二〇一七年八月、日経ＢＰ社（現日経ＢＰ）より刊行されました。文庫化にあたり、対談「男性はなぜ辛いとき独りになりたがるのか問題」を加えました。

初出　「日経ビジネス電子版」二〇一七年三月〜八月、二〇一八年八月

本文デザイン／アルビレオ

集英社文庫　目録（日本文学）

- 本多孝好　Good old boys
- 誉田哲也　あなたが愛した記憶
- 本多有香　犬と、走る
- 本間洋平　家族ゲーム
- 前川奈緒／深谷かほる・原作　ハガネの女
- 槇村さとる　イマジン・ノート
- 槇村さとる／キム・ミョンガン　あなた、今、幸せ？
- 槇村さとる　ふたり歩きの設計図
- 万城目学　ザ・万遊記
- 万城目学　偉大なる、しゅららぼん
- 増島拓哉　闇夜の底で踊れ
- 益田ミリ　言えないコトバ
- 益田ミリ　夜空の下で
- 益田ミリ　泣き虫チエ子さん 愛情編
- 益田ミリ　泣き虫チエ子さん 旅情編
- 益田ミリ　かわいい見聞録
- 枡野浩一　ショートソング
- 枡野浩一　石川くん
- 枡野浩一　淋しいのはお前だけじゃな
- 枡野浩一　僕は運動おんち
- 増山実　波の上のキネマ
- 又吉直樹／堀本裕樹　芸人と俳人
- 町山智浩　アメリカは今日もステロイドを打つ USAスポーツ狂騒曲
- 町山智浩　トラウマ映画館
- 町山智浩　トラウマ恋愛映画入門
- 町山智浩　最も危険なアメリカ映画
- 松井今朝子　非道、行ずべからず
- 松井今朝子　家、家にあらず
- 松井今朝子　道絶えずば、また
- 松井今朝子　壺中の回廊
- 松井今朝子　師父の遺言
- 松井今朝子　芙蓉の干城
- 松井玲奈　カモフラージュ
- 松浦晋也　母さん、ごめん。 50代独身男の介護奮闘記
- 松浦弥太郎　本業失格
- 松浦弥太郎　くちぶえサンドイッチ 松浦弥太郎随筆集
- 松浦弥太郎　最低で最高の本屋
- 松浦弥太郎　場所はいつも旅先だった
- 松浦弥太郎　いつもの毎日。 衣食住と仕事
- 松浦弥太郎　日々の100
- 松浦弥太郎　松浦弥太郎の新しいお金術
- 松浦弥太郎　続・日々の100
- 松浦弥太郎　おいしいおにぎりが作れるならば。 「暮しの手帖」での日々を綴ったエッセイ集
- 松浦弥太郎　「自分らしさ」はいらない くらしと仕事、成功のレッスン
- 松岡修造　テニスの王子様勝利学
- 松岡修造　教えて、修造先生！ 心が軽くなる87のことば
- フレディ松川　老後の大盲点
- フレディ松川　ここまでわかった ボケる人ボケない人

集英社文庫　目録（日本文学）

フレディ松川　好きなものを食べて長生きできる 長寿の新栄養学
フレディ松川　60歳でボケる人 80歳でボケない人
フレディ松川　はっきり見えたボケの入口 ボケの出口
フレディ松川　わが子の才能を伸ばす親 つぶす親
フレディ松川　不安を晴らす3つの処方箋 認知症外来の午後
松樹剛史　ジョッキー
松樹剛史　スポーツドクター
松樹剛史　GO-ONE
松樹剛史　エアエイジ
松澤くれは　りさ子のガチ恋♡俳優沼
松澤くれは　鷗外パイセン非リア文豪記
松田志乃ぶ　嘘つきは姫君のはじまり
松永多佳倫　沖縄を変えた男 栽弘義――高校野球に捧げた生涯
松永多佳倫　偏差値70からの甲子園 僕たちは野球も学業も頂点を目指す
松永多佳倫　偏差値70の甲子園 僕たちは文武両道で東大も目指す
松永多佳倫　まかちょーけ 興南 甲子園春夏連覇のその後

松永天馬　少女か小説か
松本侑子　花の寝床
モンゴメリ 松本侑子・訳　赤毛のアン
モンゴメリ 松本侑子・訳　アンの青春
モンゴメリ 松本侑子・訳　アンの愛情
丸谷才一　星のあひびき
丸谷才一　別れの挨拶
麻耶雄嵩　メルカトルと美袋（みなぎ）のための殺人
麻耶雄嵩　貴族探偵
麻耶雄嵩　あいにくの雨で
麻耶雄嵩　貴族探偵対女探偵
眉村卓　僕と妻の1778話
まんしゅうきつこ　まんしゅう家の憂鬱
三浦綾子　裁きの家
三浦綾子　残像
三浦綾子　石の森

三浦綾子　ちいろば先生物語(上)(下)
三浦綾子　明日のあなたへ 愛するとは許すこと
みうらじゅん　とんまつりJAPAN 日本全国とんまな祭りガイド
みうらじゅん 宮藤官九郎　どうして人はキスをしたくなるんだろう?
宮藤官九郎 みうらじゅん　みうらじゅんと宮藤官九郎の世界全体会議
三浦しをん　光
三浦英之　五色の虹 満州建国大学卒業生たちの戦後
三浦英之　南三陸日記
三浦英之　水が消えた大河で ルポJR東日本・信濃川不正取水事件
三浦英之　帰れない村 福島県浪江町「DASH村」の10年
三木卓　柴笛と地図
三崎亜記　となり町戦争
三崎亜記　バスジャック
三崎亜記　失われた町
三崎亜記　鼓笛隊の襲来
三崎亜記　廃墟建築士

集英社文庫 目録（日本文学）

三崎亜記　逆回りのお散歩
三崎亜記　手のひらの幻獣
三崎亜記　名もなき本棚
水上　勉　故郷
水上　勉　働くことと生きること
水谷竹秀　日本を捨てた男たち　フィリピンに生きる「困窮邦人」
水谷竹秀　だから、居場所が欲しかった。　バンコク、コールセンターで働く日本人
水野宗徳　さよなら、アルマ　戦場に送られた犬の物語
未須本有生　ファースト・エンジン
水森サトリ　でかい月だな
三田誠広　いちご同盟
三田誠広　春のソナタ
三田誠広　永遠の放課後
道尾秀介　光媒の花
道尾秀介　鏡の花
三津田信三　怪談のテープ起こし

美奈川護　ギンカムロ
美奈川護　弾丸スタントヒーローズ
美奈川護　はしたかの鈴　法師陰陽師異聞
湊かなえ　白ゆき姫殺人事件
湊かなえ　ユートピア
宮尾登美子　影絵
宮尾登美子　朱夏（上）（下）
宮尾登美子　天涯の花
宮尾登美子　岩伍覚え書
宮木あや子　雨の塔
宮木あや子　太陽の庭
宮木あや子　喉の奥なら傷ついてもばれない
宮城公博　外道クライマー
宮城谷昌光　青雲はるかに（上）（下）
宮子あずさ　看護婦だからできること
宮子あずさ　看護婦だからできることⅡ

宮子あずさ　老親（ろうしん）の看（み）かた、私の老い方
宮子あずさ　ナースな言葉　こっそり教える看護の極意
宮子あずさ　ナース主義！
宮子あずさ　卵の腕まくり　看護婦だからできることⅢ
宮沢賢治　銀河鉄道の夜
宮沢賢治　注文の多い料理店
宮下奈都　太陽のパスタ、豆のスープ
宮下奈都　窓の向こうのガーシュウィン
宮田珠己　ジェットコースターにもほどがある
宮田珠己　だいたい四国八十八ヶ所
宮部みゆき　地下街の雨
宮部みゆき　R.P.G.
宮部みゆき　ここはボツコニアン　1
宮部みゆき　ここはボツコニアン　2　魔王がいた街
宮部みゆき　ここはボツコニアン　3　二軍三国志
宮部みゆき　ここはボツコニアン　4　ほらホラHorrorの村

集英社文庫　目録（日本文学）

宮部みゆき　ここはボツコニアン 5 FINAL ためらいの迷宮
宮本　輝　焚火の終わり(上)(下)
宮本　輝　海岸列車(上)(下)
宮本　輝　水のかたち(上)(下)
宮本　輝　いのちの姿　完全版
宮本　輝　田園発　港行き自転車(上)(下)
宮本　輝　草花たちの静かな誓い
宮本昌孝　藩校早春賦
宮本昌孝　夏雲あがれ(上)(下)
宮本昌孝　みならい忍法帖　入門篇
宮本昌孝　みならい忍法帖　応用篇
深志美由紀　怖い話を集めたら　連鎖怪談
三好昌子　朱花の恋　易学者・新井白蛾奇譚
三好　徹　興亡三国志一～五
三好　徹　戦士の賦　土方歳三の生と死(上)(下)
美輪明宏　乙女の教室

武者小路実篤　友情・初恋
村上通哉　うつくしい人　東山魁夷
村上　龍　テニスボーイの憂鬱(上)(下)
村上　龍　ニューヨーク・シティ・マラソン
村上　龍　ラッフルズホテル
村上　龍　すべての男は消耗品である
村上　龍　龍言飛語
村上　龍　エクスタシー
村上　龍　昭和歌謡大全集
村上　龍　KYOKO
村上　龍　はじめての夜　二度目の夜　最後の夜
村上　龍　メランコリア
村上龍・中田英寿　文体とパスの精度
村上　龍　タナトス
村上　龍　2days 4girls
村上　龍　69 sixty nine

村田沙耶香　ハコブネ
村山由佳　天使の卵　エンジェルス・エッグ
村山由佳　BAD KIDS
村山由佳　もう一度デジャ・ヴ
村山由佳　野生の風
村山由佳　きみのためにできること
村山由佳　キスまでの距離　おいしいコーヒーのいれ方 I
村山由佳　青のフェルマータ
村山由佳　僕らの夏　おいしいコーヒーのいれ方 II
村山由佳　彼女の朝　おいしいコーヒーのいれ方 III
村山由佳　翼　cry for the moon
村山由佳　雪の降る音　おいしいコーヒーのいれ方 IV
村山由佳　緑の午後　おいしいコーヒーのいれ方 V
村山由佳　海を抱く　BAD KIDS
村山由佳　遠い背中　おいしいコーヒーのいれ方 VI
村山由佳　夜明けまで1マイル（ワン）　somebody loves you

集英社文庫

母(かあ)さん、ごめん。50代独身男(だいどくしんおとこ)の介護奮闘記(かいごふんとうき)

2022年1月25日　第1刷
2022年9月27日　第2刷

定価はカバーに表示してあります。

著　者　松浦晋也(まつうらしんや)
発行者　徳永　真
発行所　株式会社 集英社
東京都千代田区一ツ橋2-5-10　〒101-8050
電話　【編集部】03-3230-6095
【読者係】03-3230-6080
【販売部】03-3230-6393(書店専用)
印　刷　株式会社広済堂ネクスト
製　本　株式会社広済堂ネクスト

フォーマットデザイン　アリヤマデザインストア　　マークデザイン　居山浩二

ISBN978-4-08-744345-5 C0195